Lieux
de passage

Du même auteur

Les Paysages hantés, récit, Montréal, Éditions Québec/Amérique, 1991.

Gilles Léveillée

Lieux de passage

n o u v e l l e s

ÉDITIONS QUÉBEC/AMÉRIQUE

425, RUE SAINT-JEAN-BAPTISTE, MONTRÉAL (QUÉBEC) H2Y 2Z7 (514) 393-1450

Données de catalogage avant publication (Canada)

Gilles Léveillée, 1952 –
Lieux de passage
(Collection Littérature d'Amérique)

ISBN 2-89037-773-3
I. Titre. II. Collection.
PS8573.E938L53 1995   C843'.54   C95-940218-7
PS9573.E938L53 1995
PQ3919.2.L48L53 1995

Les Éditions Québec/Amérique bénéficient du programme de
subvention globale du Conseil des Arts du Canada.

Dépôt légal : 1er trimestre 1995
Bibliothèque nationale du Québec
Bibliothèque nationale du Canada

Mise en page : Andréa Joseph

Remerciements

L'auteur tient à remercier tout particulièrement la photographe Anne Ballester de l'aimable autorisation qui lui a été faite de reproduire une de ses magnifiques photographies en noir et blanc, tirée de la série «Mémoires», 1992, 152 cm x 76,2 cm, qui avaient fait l'objet d'expositions très remarquées, autant à Québec qu'à Montréal.

Anne Ballester est née au Mans, en France, en 1955. Elle vit et travaille maintenant au Québec.

TABLE DES MATIÈRES

PREMIÈRE PARTIE

LES PETITS BRUITS
DE LA MAISON

LA CORDE À LINGE

à Cécile Dumont

Sur une corde raide et jaune, épinglée du bout des doigts, une serviette entre la débarbouillette et la serviette de bain, sortie en ligne droite d'une boîte de savon Oxydol. On reconnaît bien le motif «jacquard» au bout de la corde non loin du poteau qui la retient. Une cabane à oiseaux découpe nettement sa couleur gris argenté sur celle sans nom du poteau. Puis une autre serviette, rectangulaire et rayée, rappelle les chaises de plage. Sur les deux côtés de sa longueur, une bande de couleur bleu royal délimite l'espace de l'absorption. Entre le côté bleu et le cœur de la serviette, une gamme de teintes pastel dessine la couleur sur trois lignes consécutives. La première se lit comme un vert tendre, la deuxième est rose, la troisième se distingue mal, peut-être un peu saumonée. Il semble pourtant y avoir déjà eu une quatrième couleur, mais les lavages trop fréquents et le vent peut-être ont emporté l'essentiel du grain de cette couleur jaune. La même disposition de couleur reprend de l'autre côté de la serviette, en parcours inversé, comme dans un miroir. Les deux lignes de couleur bleu royal se sont rejointes pour former le cœur de la serviette et enferment en son centre une lisière vert tendre. Un grand carré complètement bleu et très fripé, à sa gauche, surprend et fixe la couleur bleue sur notre œil. Une serviette bleue, presque un tapis pour le bain, épaisse, duveteuse. Une autre, la même, celle des rayures de plage, un couple de serviettes, pas tout à fait la même. Au centre du cœur bleu enfermant la bande verte, un petit trou. Elle est usée, cela se voit tout de suite. Le jour passe à travers sa robe. Plus loin, un vieux chiffon, on ne pourrait l'appeler une serviette. Le bas laisse pendre quelques effiloches et les côtés, contre le jour, dessinent eux aussi comme un zigzag de tissu. Du coton mûr. Une belle couleur. Elle devait être belle. Elle a déjà été belle et soyeuse, donnait du plaisir et du teint par sa nuance aqua, les yeux se ferment de douceur, la serviette sent si bon le frais. Des motifs de fleurs inversés tentent absurdement de se rejoindre sur la serviette à gauche de la serviette usée. Une couleur désespérante, un vert qui jaunit, qui s'acharne, qui insiste. L'autre, anonyme, hygiénique, fonctionnelle, blanche. À moins qu'elle ne soit rosée par les nombreux lavages.

Puis une composition, un long tissu que la main sent très léger et qui doit sécher facilement. Un plaisir que de l'étendre. Une épingle de bois retient les extrémités gauche et droite de la serviette blanche et du tissu rose. Le vent y fait de beaux mouvements. Les manches courtes et l'encolure de dentelle que l'on devine de l'autre côté du vêtement se balancent et quelquefois sont emportées plus haut que la tête. Un peu absurde que de parler de tête. Le vêtement de nuit, trop léger et transparent comme le jour, est suspendu, comme il se doit, la tête en bas. Des voiles sur la mer gonflent un carré très blanc, peut-être passé au bleu, carré parsemé de petits pois rouges assez discrets. Lorsque le vent se calme un peu, on aperçoit une lisière très fine de la même couleur qui en termine le revers. La position de tête en bas et de l'avant pour l'arrière laisse pendre une pointe rectangulaire du même tissu. Deux longues jambes rectangulaires terminent un pantalon de coton blanc. Un motif à petits pois assez discrets se marie bien avec la blouse et constitue le corps du vêtement. Une ceinture élastique plisse l'ouverture du pantalon comme une bouche offerte.

La corde raide et jaune de matière plastique se termine ironiquement, presque une absurdité du lavage, les serviettes avec les serviettes, les vêtements de nuit avec les vêtements de nuit. Et après tant de sobriété, de rigueur dans la disposition, une fantaisie, un bonheur. La taille accrochée pendeloque à la corde. La jambe gauche semble un peu trop tournée vers l'extérieur. Les deux genoux et les cuisses du vêtement sont très collés, plus collés qu'à l'habitude. Un petit carré blanc cousu à l'intérieur du pantalon contient le mode d'emploi pour le lavage et le séchage. On le voit bien d'ici. La fermeture éclair est très largement ouverte et un des deux rabats présente une couleur plus pâle que le rose fuchsia du pantalon. Un gros coton, assez robuste pour supporter un plein été de lavage et de repassage. Sur le devant, des plis français expliquent sans doute l'extraordinaire bouffant du pantalon.

Un gros coton très froissable. Des milliers de plis strient le vêtement...

Toutes les après-midi, une roue constituée d'un fil jaune de matière plastique tourne autour de deux poulies de métal, dessinant un mince cercle en longueur. Plusieurs cercles ici dans le carré de vitre, l'après-midi, composent des parallèles. Elles se dirigent en ligne droite vers le poteau à la couleur sans nom, retournent à toutes ces fenêtres, à toutes ces femmes. Trois femmes sur la fenêtre, dans le carré de vitre de ma cuisine. Le monde s'est inversé. Le spectacle à droite dans le carré de vitre, un autre monde, immobilisé entre les couches de verre. L'œil suit la ligne de la corde de matière plastique jaune, glisse, se heurte au frottement de la poulie, revient à son point de départ, suit la ligne de la corde de matière plastique jaune, glisse et se heurte au frottement du vertige. Une si petite galerie. Trois femmes. Le vertige de l'après-midi. Une vieille femme met la main sur la poignée de la porte et sort sur la galerie. Une si petite galerie pour une femme encore énergique.

Cela se voit de ma fenêtre, cela me touche. La petite galerie de couleur gris galerie est construite en angle droit. La porte s'ouvre et, par la force de l'habitude, la vieille femme prend la direction de sa gauche. Elle avance lentement, un pied devant l'autre, se regarde les pieds et lève la tête vers la corde à linge dont une des poulies de métal a été accrochée à un poteau brun, un des piliers de la galerie, pas très loin de la porte. Elle cherche à cette distance à savoir par le regard, elle a hâte de voir ce qui est sec, ce qui peut être enlevé pour être aussitôt repassé et plié. Puis elle tourne d'une drôle de façon, peut-être à cause de sa démarche qui rappelle celle du pingouin, mais pas trop, pas de façon caricaturale. À la hauteur de la corde, elle tend des mains fortes et énergiques qui tâtent d'abord avec le bout potelé des doigts les côtés du vêtement, puis du bas, la main remonte vers le centre en chiffonnant dans la paume une poignée de tissu. Les côtés sont secs, le centre est encore humide. Son visage, pendant quelques instants, reprend un aspect fonctionnel, une raison d'être, livré à une occupation domestique récurrente. Elle met le linge sec dans le panier de plastique, rentre et ressort. Et là, dans l'ombre de l'angle, elle prend un élan, oubliant dans sa tête l'idée d'une galerie. Une petite galerie, une galerie de trois pas. Après trois ou quatre pas, l'idée de la galerie devient la galerie et la femme doit réprimer et contenir cette énergie dans ce confinement. Elle s'arrête, se pensant seule comme elle l'est peut-être, scrute les fenêtres d'un œil soupçonneux, puis lève la tête machinalement comme les vieillards à la campagne. Puis elle s'en revient sur ses pas et recommence le même manège. Au bout de dix minutes, elle met la main sur la poignée de la porte et entre dans la maison.

Une femme plus jeune, à la chevelure très noire avec des fils blancs qu'on imagine, sort sur la galerie en portant un panier de linge, du linge propre et lavé. D'ici, on voit une vapeur s'élever du linge. La femme se tient très droite et très rigide, elle s'empare d'un vêtement mouillé et le pique à grands coups d'épingles à linge répétés. Parfois la femme aux cheveux noirs étend le linge que lui tend la femme aux cheveux

17

blancs. Elles parlent ensemble, leurs bouches remuent mais leurs visages sont raides. Deux femmes ensemble sur une si petite galerie, une galerie de trois pas. Ensemble et séparées. L'une avec l'autre, contre l'autre peut-être sur la ligne pour la corde raide de matière plastique jaune. Le mouvement des corps dans un cercle, le mouvement des vêtements dans un cycle, sur une corde raide, la corde à linge.

Une après-midi, une jeune fille, l'air androgyne, se promenait sur la galerie avec une petite fille, une enfant de trois ou quatre ans pas plus, un joli petit visage poupon aux boucles dorées.

Quatre femmes sur une ligne droite. L'une derrière l'autre, la chaîne, la ligne et le point à la ligne aux pieds. Les yeux dans les yeux, la fenêtre dans la fenêtre, ces femmes-là avec celle-là qui se berçait devant la même fenêtre. Et maintenant moi dans le carré de vitre de ma cuisine, à droite, un peu plus vers le haut, regardant ces trois femmes-là qui regardent peut-être une autre fenêtre. Le labyrinthe de l'œil.

Un mouvement sec s'éleva dans l'air de l'été, un mouvement dont l'origine n'apparut pas dans le carré de vitre, un bruit, une odeur de linge. Une roue constituée d'un fil de matière plastique jaune tourna autour de deux poulies de métal, dessinant un cercle, mais un cercle que l'on avait depuis trop longtemps rétréci.

L'HEURE DES LAMPES

C'est l'automne, c'est l'hiver, c'est le printemps, mais je préfère que ce soit l'hiver. Il est à peu près trois heures de l'après-midi, trois heures dix. Il commence à faire un peu plus sombre, un peu plus tôt.

C'est l'heure normale de l'Est. Bientôt ce sera l'heure de baisser les stores et d'allumer les lampes.

Il s'apprête à partir. Je serai seul dans le silence de cet appartement. Il part. Je fais comme si c'était la dernière fois. Je vais vers lui. Il feint de ne pas m'attendre. Il est prêt. Il met la main sur la poignée de la porte. Je l'en empêche. Je le retiens encore un peu. Je l'attire à moi, je le serre, je l'enveloppe de mes bras, il se laisse cajoler, lui aussi joue un jeu. Il aime que j'insiste, j'aime qu'il me résiste un peu. Il dit que je dois le laisser aller, qu'il va être en retard. J'insiste encore. Il a l'air impatient, il est agacé. Je continue. Je l'embrasse, je colle ma bouche sur la sienne, sur ses joues, il sent bon, il sent déjà le dehors à cause de son manteau. Il reste là, passif, les bras ballants, un peu trop. Je suis agacé. Je prends ses bras et les mets autour de moi, les oblige. Je lui dis de serrer un peu plus fort. Je ne vois pas son visage mais je pense qu'il aime ça, je ferme les yeux. Je profite de ce moment, je fais des provisions, j'emmagasine. Puis l'impatience revient, il va être en retard. C'est vrai. Il ouvre la porte, je le regarde partir, je le vois plus petit comme ça, de loin. Pourtant, c'est sa taille normale. Je m'en aperçois peu, il est toujours près de moi.

Je ferme la porte et je vais dans la chambre à coucher, tous les jours, à la même heure.

Je ne sais pas à quoi tient cette impression lorsque j'entre dans la chambre. J'aime m'y retrouver seul. Je baisse d'abord le store en tissu intitulé Givre du nord. C'est un titre approximatif. Pas vraiment des motifs de givre mais des feuilles et des branches qui le rappellent. Le store est translucide. Puis je contourne le lit et j'allume une lampe, la lampe en forme de négresse assez baroque et qui éclaire à contre-jour. C'est une jeune fille de couleur, assise sur ses longues jambes repliées. Elle est nue mais ça ne se voit pas trop à cause de la couleur de sa peau, sauf pour le collier blanc comme de longues dents autour de son cou et la rangée de bracelets à ses poignets. Elle a de beaux bras. Elle est lascive. Elle est volup-teuse sans le vouloir, naturellement, son visage respire la détente, l'oubli d'elle-même, une sorte de pureté primitive. Sa tête est légèrement renversée vers l'arrière et on voit son profil, son nez aplati, ses lèvres charnues, entrouvertes, et sa boucle d'oreille blanche en forme de coquillage.

Puis j'allume une autre lampe. Je reste là à ne rien faire, à ne penser à rien, je m'assois sur le lit, je marche dans la chambre.

C'est peut-être l'odeur des draps qui m'apaise, celles de la couette blanche, de la literie pas très loin, des vêtements qui encombrent la chaise dans un coin. Ça sent le coton, la laine, la moiteur, ça sent le sommeil aussi, avec quelque chose de l'odeur d'un corps humain qui persiste, mêlée à celle de son eau de toilette, à celle musquée de son cuir chevelu comme celle des bébés. C'est drôle de voir les deux oreillers relevés contre le mur qui forment comme les têtes de deux corps qui y seraient encore. Ces taies d'oreillers sont tentantes l'après-midi, elles semblent si fraîches, bleues avec de gros pois plus foncés telle une effervescence où j'aurais le goût de poser la tête. Et puis je me dis que c'est peut-être seulement le plaisir d'imaginer la sensation et de ne pas passer à l'acte, de l'évoquer, d'être sûr que c'est possible, que c'est pour plus tard. C'est de savoir aussi que ces oreillers sont de plumes, qu'il y a là quelque chose d'animal, qu'ils sont plus lourds à prendre mais ils épousent mieux les contours. La tête et le visage y enfoncent plus facilement, dans la fraîcheur de l'oubli.

Mais tout cela serait sans importance, s'il n'y avait l'autre. Ce serait trop sec, trop inutile, seul, désespérant. Il faudrait s'empêcher d'y penser encore. Ça ne produirait pas cet effet chaque fois que j'entre dans la chambre.

Parfois je m'arrête, je prends le temps de m'arrêter. C'est un plaisir et je me le demande avant de retourner à mon bureau, mais pas trop parce que c'est volatil, ça fuit, ça se répand dans l'atmosphère même si c'est calme, même si c'est enclos. C'est protégé, ça ne fait pas de bruit, ça existe en dehors des autres qui sont tout près et si loin à la fois, ce n'est plus interdit mais c'est mieux si ça ne se voit pas, mais je n'y pense pas, je le vis, c'est ordonné, c'est peint en blanc, c'est la vie de tous les jours, ça vient des marchés aux puces. Ça me prend là, c'est rond, c'est une enveloppe où je respire librement, c'est contradictoire de l'écrire parce qu'il faut y penser, mettre des mots sur une sensation, un sentiment. Il ne faut pas que j'y pense trop.

Tout à l'heure, je n'y pensais pas lorsque je prenais le vaporisateur Vétiver de Guerlain et que, spontanément, pour le plaisir du nez et pour autre chose que je ne voyais pas encore, comme par instinct, un geste magique, comme celui des stores et des lampes, je vaporisais dans la chambre quelques jets de cette eau de toilette.

Et puis je me dis que c'est assez de ce sentiment de plénitude, de cette volupté parvenue à son terme, volupté de vivre ici et d'y penser.

C'est de savoir que j'y reviendrai ce soir, que nous entrerons sous les draps et que nous éteindrons encore une fois les lampes.

L'ESPRIT DE L'AIR

Plusieurs fois par jour, il répétait le même geste comme un aveugle, celui de la main. Il n'aurait su dire pourquoi. Cela tenait peut-être au sentiment, pensa-t-il.

Le plafonnier de la salle de bains était allumé pendant des heures dans le petit appartement. Un autre appareil, destiné à produire un courant d'air, était encastré dans le plafond de la pièce. La première fois, il eut l'impression d'un trouble de la perception, comme si une sensation nouvelle s'était installée dans un autre domaine sensoriel. En réalité, la lumière actionnait de concert la mécanique d'un ventilateur. Mais bientôt il n'y pensa plus, il n'entendit plus.

Le courant d'air suggérait un espace souterrain comme si l'oreille était posée à l'intérieur d'un rideau formé par la chute d'une rivière. Une accumulation de matière sonore était projetée à l'intérieur d'un anneau transparent qui, très rapidement, semblait se distendre, se gonfler plus aisément d'air, puis revenir à sa forme initiale.

Le bruissement répandait sans fin le flot continu de sa fraîcheur.

Il avait fermé le bouton de la radio, celui de l'image, aucune musique, le silence. L'oreille prenait un certain temps à suivre le mouvement de la main avant que la chute des particules sonores ne soit complètement absorbée. Lentement le pavillon de l'oreille semblait imperceptiblement plus ouvert malgré une certaine inquiétude viscérale. Ce n'était pas un silence complètement blanc, des tons de gris, les bleus de la transparence, des jaunes même étaient subtilement dissimulés sous la surface molle et mobile des rumeurs. Depuis peu, il aimait le silence, la sonorité sifflante de son mot, un mot miroir, se disait-il, avec des consonnes onctueuses qui appliquaient un baume sur le ventre, qui élargissaient la respiration. Il respirait mal, il avait l'impression d'avoir toujours respiré de cette manière-là. Il exagérait. Mais des crises aiguës de la respiration lui firent croire qu'il allait mourir sur-le-champ, que la terre allait s'entrouvrir sous ses pieds, qu'une maladie atroce et inconnue allait convulser son corps et le disperser dans l'espace. Il était toujours vivant et beaucoup de respirations depuis s'étaient écoulées. Pendant ces états seconds, le désespoir posait un regard exorbité sur les objets comme si leur solidité matérielle pouvait opposer une force d'inertie à cette angoisse qui avait l'air de surgir de nulle part. «Les mots ont bonne respiration et ils sont là pour résister.» Il avait écrit cette phrase presque machinalement, presque malgré lui, à la même époque. Il n'y pensa plus, il n'ouvrit plus le petit cahier noir où des mots étaient agencés en des phrases lourdes et très dramatiques. Pourtant, il lui semblait maintenant qu'une respiration existait hors de lui, depuis toujours, celle du langage dont la profondeur ne nous serait jamais

24

dévoilée. Il lut à cette époque quantité de livres dont il ne se rappelle pas le moindre mot. Peu lui importe, l'essentiel était de participer à une respiration plus large. Parfois la concentration de la lecture ne l'empêchait pas d'apercevoir la traversée très subtile de l'angoisse qui cherchait à s'immiscer entre les phrases, à se dissimuler sous un mot qui évoquait sans doute trop son existence. Le monstre périt étouffé sous l'abondance des rythmes et des phrases.

L'image d'une enveloppe presque transparente et silencieuse s'était lentement cristallisée sous l'effet de l'accumulation et était apparue très clairement dans l'espace. Cette image procurait l'étendue d'un plaisir à la fois léger et suspendu, créait un recueillement, comme une pause dans les silences de ce petit appartement. L'image se plaisait à représenter une atmosphère intemporelle de bien-être tel un écran protecteur et distillait l'essence des mouvements naturels, celui de l'eau qui coule, celui du vent qui glisse, celui plus artificiel du ventilateur de la salle de bains. Il s'ajouta à l'image un trait esthétique particulier, celui de la banalité de l'objet qui enracina le plaisir. C'était comme une préparation lente dont il avait besoin, une espèce de recueillement presque religieux où la litanie du bruissement se superposait momentanément au flux de la pensée. Il était étrangement heureux et se disait qu'il pourrait passer ainsi sa vie, enveloppé dans le mystère de ce murmure. Il était fasciné par la nature du plaisir qu'il éprouvait, à la fois sensuel et austère, qui atténuait l'espace et le temps pour une disponibilité exaltante vers une imprévisible découverte. C'était un moment de privilège, l'état de grâce du secret, ce moment où un jaillissement de lumière illuminait le bruissement du ventilateur.

Cette impression, que l'oreille, un jour, perçut comme nouvelle et séduisante, avait dû naturellement se former sous l'effet de l'accumulation et de la suggestion. Des jours et des semaines s'écoulaient lentement dans les habitudes presque monastiques de ce petit appartement.

Un soir, un son métallisé, presque gris, mais d'une teinte très claire comme un miroir, effleura le silence. L'impression de métal s'adoucissait dans l'oreille et céda la place à l'image d'une petite hélice dont le mécanisme semblait enduit d'une substance onctueuse. Le son se comportait à force d'écoute tel le mouvement télévisé d'une roue qui, à grande vitesse, a l'air de tourner en sens inverse. Il devenait difficile parfois de noter les deux temps de ce mouvement perpétuel comme si, sans raison apparente, il devait subitement s'accélérer. Une impression de métal très lisse avec des marques de doigts sur les rebords persistait. L'on ne savait plus, par moments, si l'appareil alternait son tic tac de gauche à droite ou si cela se balançait de bas en haut. À moins tout simplement que ce ne fût une suite de points sonores accusant une liberté d'expression que l'esprit humain se refusait à accepter. Un fil de métal très ténu se tendit insupportablement dans l'espace et cassa.

Dans le silence si particulier de ce petit appartement, il sursauta tout à coup, il ne s'y faisait pas. Une explosion fleurit à la surface qui parut déplacer le réfrigérateur de la cuisine. Une ligne continue, formée d'un grésillement très doux, presque acidulé, se maintint dans l'espace un moment.

Le même grésillement se renouvela et cessa un peu plus tard puis recommença. Il s'ajouta bientôt au tic tac du réveille-matin, au bruissement du ventilateur, formant un étrange trio des petits bruits de la maison. Chacun des instruments prenait à tour de rôle le devant de la scène ou se fondait dans l'ensemble, selon le hasard, selon la disponibilité de l'attention qu'on voulait bien lui accorder.

Bruits intimes du petit silence qui n'en est pas un, petite musique de chambre qui parle à celui qui veut bien l'entendre.

ÊTRE UN ANIMAL

« Portant un gentil cœur dedans
un petit corps. »
Marguerite Yourcenar

Je marchais sur un trottoir. J'essaie de me voir
avec ses yeux. De longues jambes, des pieds se posaient
sur un trottoir, une large rue où passaient à toute
vitesse des automobiles.

J'entends un cri de chat qui résonne dans l'air, un
chat désespéré d'être à l'extérieur, voulant entrer. Je
traverse la rue. Je ne le vois pas tout de suite. Il est
près d'un sac de polythène noir. Je miaule à mon
tour, avec affection, le cri s'amplifie, l'espoir revient
dans le cri. Un chat noir blotti près d'un sac d'ordures
ménagères. Un cri à fendre l'âme, une pulsation
souffrante.

Un beau chat. J'ai pensé qu'il s'était perdu, trop
curieux, il était sorti par la fenêtre. Je n'osais le
toucher. Il était assis sur sa queue, recroquevillé, il se
tenait sur son derrière d'une drôle de façon, comme
s'il avait été frappé par une voiture. Il était peut-être
blessé ainsi que l'avait été un de mes chats, au temps
où je rêvais facilement que j'étais un animal,

m'assoyant avec eux à la ferme de mes parents, les observant longuement, imitant leurs gestes, retourner à ce côté sauvage, entrer en vitesse dans ce petit trou, manger un brin d'herbe. Le chat en question avait été frappé alors par une voiture. Il semblait mort, mou, chaud. Du sang sortait de son nez rose, un des chats parmi la portée qu'il y eut ce printemps-là. Je me souviens que, sous la galerie, je regardais la portée. Je me souviens de celui-là avec ses taches pâles, fauves, noires et blanches, et son petit bout de cordon ombilical qui lui séchait sur le ventre. J'étais effrayé et désespéré. Il fallait l'enlever. Il gisait sur la ligne blanche de la route, palpitant. Je le pris et le déposai plus loin. J'allai prévenir un homme pour qu'il l'achève avec sa carabine mais je revins vers le chat. Je me penchai pour le reprendre. Il y eut un moment de voltige, il se remit sur ses pattes, affolé, je fermai les yeux, ne sus plus ce qui se passait, le chat se mit à courir dans toutes les directions, entre les herbes, agitant les branches des arbres, puis il disparut. Ce n'est que quelques mois plus tard qu'il refit surface, en vie, boitillant. On nous disait que les chats allaient se cacher pour mourir et je les imaginais, la tête entre les pattes. Mais un doute persiste depuis tout ce temps. Était-ce lui ? Était-ce un autre parce que l'idée qu'il était mort avait été trop présente, dans ce petit pays des chats, peut-être avait-il été recueilli par quelqu'un, soigné, parce qu'il ne resta pas, il n'était plus à nous, à moi, je n'avais pas vécu avec lui, je ne le sentais pas.

   Je me risquai à flatter le chat noir. J'eus peur qu'il ne me griffe, mais il se trouva mieux sans être rassuré puisqu'il tremblait et ses yeux effrayés avaient tendance à être fixes. J'ai pensé qu'on l'avait abandonné. C'était une chatte. Plus tard, elle fut en chaleur, c'était cela peut-être ou encore pire, on l'avait amenée en voiture, on avait ouvert la portière. Une jeune chatte d'à peine un an et demi, au poil noir, à la queue fournie comme celle des chats angora. Je ne pus m'empêcher de la prendre avec moi. Je l'adoptai, je ne pouvais la laisser seule, ici, à cause de son cri que je n'arriverais pas à oublier et qui reviendrait. J'ai pensé aussi avec angoisse, mais sans prendre vraiment au sérieux l'idée, que c'était peut-être mon ami Christian qui revenait à travers cette forme. Il aurait ri lui-même de cette idée, mais l'intelligence de son esprit s'y serait attardée, en aurait discuté le principe, les inconvénients. Il venait de se suicider et je ne crus à sa mort que lorsque je vis passer la boîte contenant ses cendres, ses longs bras, ses doigts entre lesquels il fumait, avec une élégance princière, des cigarettes roulées à la main, la grandeur de ce long corps de six pieds et quelques pouces, sa belle tête inspirée à la Nelligan, ses cheveux frisés, ses petits yeux vifs et bleus, tout cela réduit en cendres blanches dans une boîte que l'on pouvait tenir dans la main. Je jouais avec l'idée, calmement, comme s'il ne fallait pas abandonner mon ami même après sa mort à laquelle je ne me fais toujours pas. J'avais peur d'y croire. C'est une question de verbe ou de sentiment ou de vraiment ressentir les choses comme si, pour croire à la mort, il fallait que je meure à mon tour. Je savais jusqu'où je pouvais m'aventurer trop loin en ce domaine. Plusieurs fois par la suite, j'essayai de voir, à travers certains comportements de la chatte, ceux de mon ami, comme ce brusque mouvement d'indépendance ou cette manière de me surveiller constamment de ses yeux à demi fermés et de réfléchir pour mieux me dire quelque chose de longtemps retenu, mijoté.

Mais je sais qu'il ne faut pas que j'exagère, je dis mon ami, oui, il l'était et il l'est peut-être encore ou il l'était moins que je le croyais ou je l'étais moins que lui l'était ou que j'aurais dû être. J'ai souvent pensé que je n'étais pas assez près de lui, je l'avais écrit dans mon journal. Je ne pouvais être en lui, être lui, avec lui en silence dans la même pièce. Il était en manque, souffrant d'être mal aimé. Qu'on le dise intelligent, il l'était tant, il se moquait de sa tête mais pas de son corps qu'il déposait, angélique, dans son lit, sans poids, abandonné entre des mains inconnues qui ne l'aimeraient pas, qui s'en lasseraient trop vite, sans qu'il le sache déjà ou veuille le savoir. Il était davantage ami avec d'autres qu'avec moi, avec lesquels il pouvait s'étourdir, boire et se droguer.

La chatte fut sans doute heureuse de mettre les pieds dans une maison, malgré la peur. Elle tremblait encore. Combien de temps avait-elle miaulé près de ce sac avec lequel elle se confondait? Cela lui prit plusieurs heures pour se calmer. Déboussolée, le ventre à terre, elle alla se réfugier sous un meuble et y resta quelque temps. Je la forçai à sortir, la serrai contre moi, lui présentai de la nourriture. Elle ne mangea pas. Puis bientôt elle fit le tour du propriétaire et tout, en apparence, fut oublié.

C'était le soir. C'est le soir qu'elle semble s'animer lorsque je suis seul avec elle. Elle est heureuse d'être seule avec moi, je le sais. Je l'aperçois près d'une porte, petits yeux de cristal vert sertis dans un corps de fourrure noire. Elle s'assoit sur le plancher noir. Elle est dans une atmosphère d'exploration. Mais elle a vite fait le tour, ce qui m'attriste parce que son univers est trop restreint. Elle ne vit pas sa vie de chatte. Elle ne peut pas sortir, elle n'en a plus envie maintenant, elle en a même peur, mais cela dépend. Lorsque j'ouvre la porte, ses narines frémissent parfois et elle ferme les yeux, elle part à l'aventure par le nez, qu'elle a fin. C'est surtout cela qui m'attriste, qu'elle ne puisse pas sentir toutes ces odeurs variées et illimitées qu'elle découvrirait, posant précautionneusement ses pattes coussinées entre les herbes, brindilles, les minuscules bêtes qui grouillent, la vie microscopique qui constituerait son univers, les insectes, le sentiment de satisfaction sauvage de l'animal qui vit toute la journée de ces petits riens, comme une souplesse du corps retrouvée, mouvement vif et précis, avec une belle indépendance, plus près des bêtes et d'une autre vie qu'elle n'a pas besoin de comprendre pour vivre, le poil plus lisse et doux, le corps nerveux, aux aguets, qui a besoin de bouger, ne reste pas en place.

Être un animal, une chatte ou un cheval. Ne penser qu'à ce plaisir immédiat de mettre les pieds sur le chemin mouillé de pluie, la terre vaseuse, une géographie des odeurs, un royaume, poser le sabot mais retenir l'élan dans la cuisse pour ne pas trop appuyer, ne pas tomber, bouger la tête de bas en haut, mais le cheval est déjà plus près de l'être humain. On ne peut imaginer aussi bien être un chat qui a l'air d'avoir l'esprit constamment tendu par quelque chose à venir ou à faire ou bien ces manigances enjôleuses, ces attitudes de repos qui ne s'abandonnent jamais complètement.

Être ce cheval aux yeux tristes, aux muscles noueux, à la robe baie, un cheval qui monte une pente, dont la crinière est coupée en brosse, aux sabots qui se relèvent comme par automatisme, sentir un cheval, la douceur d'un cheval domestique, de l'animal, de l'innocence, une sorte d'élégance qui se tient prête, comprendre un cheval, lui parler, il bouge ses oreilles, ses yeux sont tendres, il ne ferait pas de mal, une de ses jambes craque lorsqu'il marche.

Elle me suit partout dans la maison. Je me penche vers elle. Je ne la flatte pas encore. Je veux qu'elle me regarde. J'essaie de me mettre à sa place, d'être celle qui est petite et qui voit un être humain très long qui se penche vers elle, de sentir sa vulnérabilité, sa dépendance d'un geste de moi qu'elle espère peut-être. Je participe à son sort, j'entre par empathie dans son univers, dans la vie que nous partageons, ce simple geste de la main qui se pose sur sa tête et qui glisse sur sa fourrure, qui met de la nourriture sèche et de l'eau fraîche dans son bol. Elle aime ma main qui passe sur son dos. C'est le seul contact qui peut exister entre nous, un contact physique. Elle ne me frôle jamais, sauf lorsque je prends mon bain et qu'elle se promène sur le rebord émaillé de la baignoire. Elle n'a pas le choix. Je colle ma tête contre son corps et elle se laisse faire.

Je n'ai pas l'impression, lorsque je la regarde, qu'elle est un animal. Je sens qu'elle est du sexe féminin, oui. Je sens que la vie est enclose dans ce corps complexe, qu'il y a une intelligence dans cette tête, une intelligence qui vient après que le ventre a été rempli de nourriture sèche et d'eau, comme un luxe.

Elle ne comprend pas qu'un jour, somnolant dans la causeuse, je ne veuille pas me relever pour répondre au téléphone. Elle, entendant la sonnerie, assise à mi-chemin, elle regarde, l'air certain que je vais me lever et que la sonnerie va cesser. Mais je ne me lève pas. Elle me regarde et tourne la tête en direction du téléphone, fait le lien, a l'air de s'inquiéter. Elle sait bien que quelque chose n'est pas comme il devrait être.

Elle me suit partout dans la maison, elle me retrouve dans la pièce où je viens d'entrer. Parfois, elle s'étend sur mes feuillets, mes écritures, comme si elle sentait que c'était là que j'essayais le plus possible d'être moi-même ou du moins de partir à la recherche de l'autre, de l'être fantasque et sauvage, de celui qui est peut-être trop informe pour qu'on puisse lui donner un nom. Elle sent que c'est là, que c'est chaud, que c'est là que ça couve. Elle couve mes feuillets et me les rend plus tard, avec quelques poils en plus.

Je ne sais pas pourquoi mais ce n'est que quand je suis assis sur cette chaise en cuir blanc ou que je lis dans mon bureau qu'elle saute et se blottit sur mes genoux ou essaie de se faire une petite place près de moi. Mais lorsque je suis assis dans la causeuse, elle grimpe sur le bras gauche. Elle est près de moi, plus près que ne le supporterait une chatte ordinaire. Je m'avance près de sa tête et la regarde avec attention. Je fais une mimique. C'est là qu'elle est vraiment elle-même, je ne sais pas pourquoi je dis cela. Elle n'a cette expression que très près de mon visage, entre quatre yeux. Je la regarde seulement pour voir ce qu'elle va faire, assez longtemps pour qu'elle soit intriguée et que j'en sois troublé, que j'éprouve une angoisse légère. Je deviens peu à peu conscient qu'elle est un animal, qu'elle ne peut pas parler, qu'elle compte sur moi, je prends conscience de nos différences, de ce phénomène. Elle devient pendant quelques secondes un profond mystère, étrange et insondable petit animal qui me fait presque peur. Pour contrer la peur, je lui parle, je fais des sons de bouche, des sons tendres comme des questions aux-quelles je n'attends pas de réponse, puis j'y réponds, j'émets des sons de réconfort, de gorge, une voix douce qui penche un peu la tête qui lui fait à demi fermer ses yeux verts, des sons compréhensifs. J'es-saie de l'atteindre ; c'est son regard qui me touche, un regard où tout passe, dans le ciel de ses yeux, ces yeux que je regarde, pureté de ce petit animal qui n'a pas peur, qui a confiance en moi.

DEUXIÈME PARTIE

PETITES FLAMMES

DES MAINS QUI ONT BEAUCOUP TRAVAILLÉ

à Léontine P.

Ces mains, je les ai vues pour la première fois sur une photographie, de grosses mains de femme comme des mains d'homme, des mains qui ont beaucoup travaillé.

J'en avais fait la remarque à celle qui m'avait montré cette photographie et elle l'avait répété à la propriétaire de ces mêmes mains. Celle-ci avait été fière que je les aie remarquées, comme la reconnaissance de sa valeur, le signe de l'essence même de sa vie.

Un jour, sans que je le sache, cette femme mourut, j'allais dire ses mains avec elle. Il était difficile de croire que cette femme que je n'avais rencontrée qu'une seule fois, du moins à ce que je me rappelle, pouvait disparaître tant elle était vivante pour son âge, accueillante, s'exprimant en des termes anciens presque littéraires, à la personnalité très forte, au verbe clair et assuré, donnant presque des ordres à la femme qui s'occupait d'elle, s'intéressant à son invité, l'examinant, méditant à l'intérieur d'elle-même, une femme encore très vivante pour son âge mais presque aveugle.

Une sorte de logique m'avait poussé vers celle qui était devenue un mythe, non plus un être humain, mais un personnage sans âge tant l'image qui était restée d'elle l'avait fixée en des scènes sombres et maléfiques. Cette femme n'avait jamais existé que dans l'étroitesse et l'ignominie de son triste rôle. Elle était sans âge, elle serait toujours la même peut-être pour ceux et celles qui entendirent le récit, elle n'aurait pas de passé, encore moins d'avenir, comme si elle était morte après le mauvais traitement qu'elle avait infligé à sa belle-fille.

Non elle n'était pas morte. J'allai la voir sans arrière-pensée, sans intention aucune de lui poser de questions embarrassantes, si elles pouvaient l'être. Elle me parla de l'âge, se surprit avec plaisir qu'un jour je puisse venir la voir ; elle m'impressionna par la profondeur de sa conversation presque savante. Oui, elle l'était de toutes ces années de vie et elle avait quatre-vingt-onze ans. Je me sentais étrangement bien et satisfait d'être en sa compagnie, d'entendre quelqu'un me parler de son expérience de vie, des impressions et sentiments que l'âge donnait, de sa position dans l'espace et le temps. J'étais curieux d'elle comme je l'étais de l'autre femme. Soit dit en passant, ce ne furent pas ses mains qui me frappèrent au moment de ma visite, elles restent floues dans mon esprit, mais qu'elle existât simplement, qu'elle ne parût pas son âge, qu'elle trônât au milieu de la maison comme une reine, qu'elle ne fût pas seulement, si seulement cela était, la mauvaise femme de l'histoire.

Quelques mois auparavant, j'étais allé rendre visite à une des filles de cette femme âgée. Pourquoi elle plutôt qu'une autre, peut-être à cause d'une image générale et floue qui m'était restée d'un visage ou plutôt d'une attitude, d'une voix souriante et accueillante qui aurait peut-être réponse à mes questions. Sans doute également le nom particulier de son mari me l'avait fait retenir. J'avais l'impression qu'elle était différente des autres sans pour autant que je les connusse très bien. Lorsque je la rencontrai, je m'aperçus que j'avais confondu son visage avec celui d'une autre, mais c'était bien la même attitude.

C'est donc un peu pour tout cela et le désir d'en savoir plus long, tout en ne croyant pas que j'en apprendrais davantage, que je fis le voyage. En réalité, je ne me disais rien, je fuyais vaguement le livre que j'avais entrepris d'écrire sur cette femme morte que j'avais baptisée d'abord la femme aux cheveux noirs, soulagé à l'idée d'un petit voyage pas très loin. Un nom très durassien, il est vrai. Je ne savais plus comment la nommer, ne me rendant pas compte complètement que cela avait peu d'importance. Mais je ne voulais pas l'appeler par son nom, directement. Je ne voulais pas dire qu'il s'agissait en fait de ma mère. Instinctivement ou confusément au début, obéissant à une sorte de prudence, je me laissai guider par cette impulsion, par ce désir de ne pas nommer ou mieux de dire sans en prendre tout à fait les moyens. Je ne savais pas bien ce que je voulais faire. Je ne voulais pas trop non plus parler de moi de cette manière. Peu à peu, il devint évident que mon récit souffrirait de cette manie qui allait à l'encontre des qualités de vérité et de clarté que celui-ci exigerait. Petit à petit, je vis très vite que je n'étais pas libre de mes mots.

Au début, je craignais d'être jugé comme un jeune adolescent attardé qui aimait trop sa mère, avec tous les qualificatifs qui s'ensuivraient, proposant une histoire trop près du réel qui n'intéresserait personne et qui ne ferait que s'ajouter aux trop nombreuses premières œuvres qui jouaient le rôle de catharsis et qui auraient dû rester au fond d'un tiroir. Déjà que j'avais fait le choix de tronquer le récit d'une partie du réel en laissant dans l'ombre celui qui avait vécu aux côtés de cette femme, en l'occurrence mon père. Être moi-même apparaissait certainement dans ce genre de récit la chose la plus difficile. Pourtant, je ne désirais pas écrire un roman, loin de là. Je ne désirais pas aller vers l'imaginaire, l'aurais-je pu?, mais vers le réel de plus en plus. Comme je ne connaissais presque rien de cette femme, hormis les brefs récits très dramatiques racontés par elle et son mari, une après-midi, instinctivement, sans penser à rien, je téléphonai à la demi-sœur de ma mère. Autour de moi, on me conseillait de n'en rien faire, de ne pas encore ressasser le passé, d'oublier une bonne fois, surtout les membres de ma famille qui, chacun à leur manière, désiraient qu'on lui en parle le moins possible. C'était normal et compréhensible, d'une certaine façon. Ou bien j'accepterais d'écrire le livre avec le peu que je savais ou bien j'apprendrais quelque chose de plus. Celle-ci fut surprise de mon appel. Je n'entendais bien sûr que sa voix, mais tout de suite la communication fut excellente entre nous deux, elle parlait d'abondance. Elle m'invita chez elle. Sa voix me fit chaud au cœur, me rappelant celle de ma mère, dans la manière de prononcer le mot chien par exemple. C'était tout à fait comme elle.

Elle vint me chercher en voiture. Il y avait une atmosphère particulière dans la maison de cette femme, enfin très différente de celle que j'avais toujours connue chez moi. C'était peut-être le fait qu'il y avait une petite fenêtre au-dessus de l'évier de la cuisine qui me faisait encore plus comparer les deux femmes entre elles. Elle aussi, en parlant, en lavant les légumes pour le repas, elle regardait au-dehors. La même atmosphère en somme ou mieux encore celle que j'aurais souhaitée, celle dont je me pénétrais tout en sachant vaguement qu'elle ne serait jamais mienne. Oui, une atmosphère d'été, avec un peu de soleil qui entrait, je ne savais d'où, peut-être n'y en eut-il pas, avec des légumes verts, une sorte de confort lumineux, de cette lumière douce et chaude d'une fin d'après-midi ensoleillée, qui inondait. Il n'y manquait que des odeurs. Ce fut ma première image. Nous parlions de tout et de rien, elle me parlait d'elle, elle dut me parler de l'autre certainement. La cuisine était la pièce la plus habitée de la maison. La chambre qu'elle m'offrit pour ce court séjour était celle de son fils qu'elle chérissait. J'eus l'impression de mettre les pieds dans un havre, au sens très physique et magné- tique du terme. C'était palpable, ce calme, cette lenteur douce, cette compréhension qui flottait dans l'air, ce rythme, comme si l'on pouvait exister pour soi seul enfin, cet apaisement.

Je lui parlai de ma mère. J'eus la brillante idée de ne pas sortir le magnétophone que j'avais apporté comme pour une enquête sur le terrain. J'étais très

néophyte dans toutes ces choses presque ethnolo-
giques, peu conscient du fait par exemple que cette
femme était plus jeune d'une dizaine d'années que ma
mère, qu'elle ne pourrait donc répondre à mes
questions que de manière relative concernant l'enfance et l'adolescence de sa demi-sœur. Je n'en
apprendrais guère plus, encore moins sans doute, sur
sa vie adulte puisqu'elles vivaient très éloignées l'une
de l'autre, leur relation n'étant constituée que de
quelques rares appels téléphoniques, lettres et visites,
assez peut-être pour confirmer le sentiment d'une vie
difficile. Par ailleurs, le fait que j'écrive un livre sur
cette femme constituait une menace, non pas tant pour
elle mais pour le reste de sa famille. Cela allait altérer
la vérité des choses à dire. D'ailleurs, cela joua très
certainement dans la manière au début trop harmo-
nieuse, très sociologique même, qu'elle eut de décrire
la vie de famille de cette époque, à la campagne,
d'estomper, par un trop grand désir d'objectivité, tout
ce qu'elle avait sur le cœur contre certains membres
de sa famille. Je sentais bien tout le non-dit qui
auréolait la présence de cette personne et qu'elle se
serait peut-être laissée aller à raconter si j'étais resté
chez elle quelques jours de plus. Elle demeurait
prudente, du moins ce fut mon sentiment, tout en
essayant le plus honnêtement possible, j'en fus de
plus en plus convaincu, de répondre à mes questions,
dans les choix qu'elle opérait, dans les coupes qu'elle
effectuait spontanément et l'éclairage qu'elle choisit
de donner à son récit par l'insistance sur la vie difficile, la bonté et la loyauté de sa mère. Ce ne fut qu'à
la toute fin de mon séjour qu'une sorte de confir-

mation s'établit dans mon esprit de plusieurs récits qu'on m'avait maintes fois racontés mais pas tous bien sûr.

Je voyais trop cette femme, sans doute, comme une sorte de bouée de sauvetage, obligée, au nom de la pure vérité, de répondre à l'appel qu'un presque inconnu lui avait lancé une après-midi au téléphone. Je ne me rendais pas tout à fait compte encore de l'ampleur ni des enjeux qu'une telle démarche occasionnerait. J'espérais secrètement que ma mère avait eu quelques appuis, surtout de sa famille, surtout de cette femme en particulier, qu'on voudrait bien me fournir tous les renseignements dont j'aurais besoin. J'en espérais beaucoup.

Ce que je cherchais à connaître, c'était surtout le passé de ma mère, à vérifier et à compléter la petite série noire des sombres récits qui faisaient maintenant partie de moi, la perte d'une mère en bas âge, l'accusation du coup de fer à repasser dans le dos qui avait causé la paralysie des jambes si bien qu'elle dut être opérée et réapprendre à marcher. C'était bien avec ce maigre bagage que j'étais arrivé chez elle.

Lors de nos toutes premières conversations, je me rappelai qu'elle ne croyait pas que ma mère avait été aussi malheureuse qu'elle l'avait dit. C'était la première fois qu'un point de vue extérieur m'était offert, et j'eus l'impression que quelque chose enfin s'entrouvrait et que je n'étais en fait qu'au début d'une très longue histoire qui allait m'être racontée.

Pour faire diversion peut-être, le deuxième soir de mon séjour, cette femme me raconta la mort tragique de sa petite fille. Nous échangions nos morts. Je fus d'abord plutôt surpris, à mon arrivée, qu'elle ne me parlât pas tout de suite de ma mère. Je voulais constamment en parler, épuiser le sujet comme au théâtre, comme dans un roman. J'étais aveuglé par mes exigences. J'espérai même, ce soir-là, qu'elle interrompît bientôt son récit, mais elle n'en fit rien. Je ne pouvais pas concevoir encore qu'indirectement, elle répondait à mes questions. Cette petite fille était morte presque en silence, foudroyée. Tout se passa très vite. Elle se plaignit d'un simple mal de cœur et bientôt perdit conscience. Elle fut transportée par avion à un hôpital. Quelques jours plus tard, elle était morte. Ce furent les moments où cette femme fut près de sa fille comateuse, dans le récit, qui m'impression-nèrent le plus : l'image d'un lieu indifférencié, ce silence entre elles, comme si j'étais à l'intérieur du corps de la petite fille, surveillant par les antennes du corps le visage de sa mère, l'espace du silence entre les deux êtres, l'air autour d'elles, la lumière blafarde, le sentiment d'angoisse de sa mère cherchant à réconforter, à faire revenir sa fille, l'impression de parler à travers quelque chose où les ondes passaient, où les ondes étaient captées mais sans retour possible, la respiration régulière de sa fille qu'elle écoutait, rythmée, suspendue à la sienne, comme si toute l'angoisse de la mère servait à pomper ce mince filet d'air. Elle mourut d'une tumeur au cerveau, âgée de seulement neuf ans. Elle me montrait sa photo mortuaire, seulement la tête et une partie du buste comme nimbée déjà de blancheur, le tour du carton dentelé, petite fille aux lulus noires ayant existé. Puis le temps passa. Je ne compris pas tout de suite le message, s'il devait y en avoir un, mais je me rendis compte que le récit de la mort de la petite fille, ce récit de mort, disais-je, ancra davantage en moi le phénomène de la mort lui-même, ancra davantage en nous ce phénomène, la femme partageant avec moi son désarroi passé, le deuil difficile qu'elle avait dû faire de son premier enfant, deuil qu'elle continuait à faire, avec moi, en le racontant encore. Le deuil n'étant jamais, en un sens, terminé. Elle me fit l'amitié de partager avec moi cette histoire qu'elle raconta avec brio et sensibilité. Elle était une conteuse née.

Ce n'était pas tout à fait exact, comme je l'avais d'abord cru, de penser que j'avais vécu le même deuil, plutôt de manière inversée, elle donnant la vie à cette enfant et la perdant, moi étant né d'une femme qui était morte, il y avait quelques années. Je songeai que le deuil de cette femme pour sa fille était plus physique, corporel, un sentiment que je ne connaîtrai jamais. En plus, je n'avais pas vu mourir ma mère comme cette femme pour sa fille, et peut-être que ce récit m'aida à me pénétrer de ce phénomène, à voir la mort comme un deuil, comme une sorte d'abandon à faire de quelqu'un.

Indirectement, j'appris beaucoup de choses sans que sur le moment elles m'apparussent satisfaisantes puisque je ne démordais pas des maigres et sombres récits que ma mère m'avait maintes fois racontés. Je ne pouvais pas défaire en quelques jours tous ces petits récits qui s'étaient stratifiés, qui étaient devenus une sorte de réalité. Tout ce qu'on consentait à me dire ne faisait à mes yeux que retarder l'échéance.

47

Le même soir, pendant que nous étions assis tous les deux à la table de la cuisine, elle sortit simplement des albums de photographies, certaines sépia, d'autres en noir et blanc ou en couleurs. Elle posa une photographie sur la table et là, pour la première fois, le passé s'anima. Je fus déçu d'abord qu'elle dise n'avoir pas de photographie de ma mère, de ne pouvoir voir son visage d'adolescente et de jeune femme. J'interprétai cela comme une marque de négligence. Je crus encore qu'elle allait débuter son récit et le construire autour de la figure de ma mère. Mais elle n'en fit rien. Elle raconta sa vie de jeune fille studieuse et déterminée, son métier d'institutrice, me montrant la classique photographie de sa classe avec la belle pensée écrite au tableau noir, me décrivit son mariage, etc. Puis, par les mots, nous entrâmes dans la maison de son enfance, la maison où elle et sa demi-sœur avaient vécu. L'image que je me faisais de cette maison, qu'on m'avait peut-être montrée ou que j'avais imaginée, était celle d'une maison de campagne dont on n'apercevait qu'une des façades recouvertes de bardeaux de cèdre non peints, presque gris. Je me vois assis près de cette façade. Je sens l'odeur sucrée et particulière du bois, chauffée par le soleil d'un été l'après-midi. Il me semble que je sens aussi le bois imprégné de la vie de cette maison. Il y a beaucoup de monde dans cette maison, une bonne dizaine de personnes, le père, la mère, l'oncle à la jambe coupée, la tante, le grand-père, la grand-mère, trois enfants du premier mariage et quatre nouveaux enfants du second, quatre petites filles dont mon hôtesse. Celle-ci parle de l'autre femme comme si elle était plus âgée que cette dernière à ce moment-là, mais en fait c'est bien parce qu'elle la regarde avec ses yeux du présent. L'une est donc âgée d'une dizaine d'années de plus que l'autre. La narratrice excellait dans l'art de raconter, de passer d'une pièce à l'autre comme si l'on flottait au-dessus des objets et des gens, de faire sentir le va-et-vient de tout ce monde, des personnes âgées dont on s'occupe, des lourdes responsabilités domestiques qui incombent aux femmes, des maternités obligatoires, s'ajoutant à cela le travail de la ferme quand le mari est parti au chantier. C'était le soir et la narratrice indiqua de quelque manière que l'on voyait ici la jeune adolescente qui prenait soin des enfants nouveau-nés. Elle berce un bébé pour l'endormir. On dit qu'elle a le tour avec les enfants, que c'est sa spécialité, qu'elle est très maternelle, qu'elle n'a aucun dédain. Nous restons là, un moment. La main de la jeune fille remet en place les pans d'une couverture. La bouche en cœur du bébé remue comme s'il allait se réveiller. Cela fait un bruit de succion dans l'air. Le visage de la jeune fille est adouci, cela se communique à l'atmosphère. Après, la jeune fille n'apparaîtra qu'obliquement dans le récit, dans la cuisine, elle a les yeux baissés, elle est affairée à un travail domestique, les mains posées sur une table, puis elle sort rapidement dehors. Derrière la porte grillagée, au début d'une après-midi ensoleillée, elle marche, il me semble qu'il y a une côte, elle rit, elle et l'une de ses demi-sœurs complices, manigançant quelque chose.

Je ne me rendis pas compte que cette vision panoramique incluait évidemment la méchante femme,

la mère de la narratrice qui était aussi la mère de ma
mère à moi.

De retour de ce voyage, je ne compris pas tout de
suite pourquoi j'éprouvai une satisfaction si profonde,
presque physique. Mais cela ne dura pas. Le récit
presque sociologique que m'avait fait mon hôtesse de
la vie de cette famille expliquait ce sentiment. J'étais
sorti du parcellaire, ma mère n'était plus un spectre
dans mon esprit, pas seulement du malheur noir, de la
souffrance rouge, de la solitude violette, que de
sombres événements, même s'il s'avérait peu possible
de vérifier celui qui semblait compter le plus. Ces
récits s'inséraient dans les faits courants d'une vie
ordinaire, humaine, entraient en relation avec eux. Je
fus heureux, empli d'un soulagement indicible de
savoir qu'elle n'avait pas été soumise à des sévices
supplémentaires s'ils devaient m'être racontés et que
si celle-ci avait été orpheline de mère, ce n'était pas le
grand vide autour d'elle comme ce fut le cas lors de la
dernière partie de sa vie adulte, que le fait d'être,
comme cela était à l'époque, une deuxième mère pour
les enfants du deuxième lit lui assurait, malgré des
inconvénients certains, un entourage moral et affectif.
Ce qui me réconforta, ce fut de connaître, par le récit
de mon hôtesse, ce va-et-vient, toutes ces personnes à
qui elle pouvait parler, à qui parfois elle tenait tête. Ce
fut la conviction intime qu'il y avait eu également de
bons moments, des pique-niques à la campagne, des
tours pendables, des rires de jeune fille. Mais l'effet
s'estompa et je fis une rechute. L'obsession me reprit.

En effet, je m'épuisai à comparer différentes
versions des récits qui faisaient problème, ce qui

acheva sur le moment de me brouiller davantage, mais peu à peu l'embrouillamini se resserra autour du récit le plus grave, le moins vérifiable.

Je me rendais bien compte maintenant qu'une chaîne de transmission imposait chaque fois aux récits un changement et qu'il devenait donc important de considérer tous les intermédiaires de la chaîne pour approcher du récit le plus juste possible, tâche de détective privé, colossale, que je finis par abandonner comme l'espéraient sans doute les membres des deux familles. En fait, malgré la vigueur et la sincérité qu'elle mettait à répondre à mes questions, cette femme n'était pas plus en mesure que moi de vraiment assurer de la véracité de cette biographie puisque, comme moi, elle ne pouvait la tenir que de quelqu'un d'autre et que théoriquement il aurait fallu pouvoir faire corroborer ce récit par les témoins qui étaient alors tous et toutes plus ou moins disparus, à l'exception de la mère de cette femme et d'une des sœurs de son mari. Mon hôtesse fut abasourdie quand je lui racontai le récit de l'événement le plus troublant, celui qui serait toujours présenté non pas comme une insinuation mais comme une accusation très grave. Jamais, dit-elle, elle n'avait entendu ce récit mais elle affirma que, curieusement, sa mère portait elle-même sur le bras la marque d'un coup de fer qu'elle avait reçu très jeune. Comment croire qu'elle n'entendit jamais parler de ce récit qui provoqua la paralysie des jambes de sa demi-sœur, au début de la quarantaine, son hospitalisation, son opération et sa rééducation en physiothérapie?

Plusieurs hypothèses s'offraient donc à mon esprit. Après tout, étant donné la gravité de l'incident, qui à l'époque l'était moins, il était logique peut-être de croire qu'elle n'en savait rien, que les témoins n'auraient pas pris le risque d'en parler à trop de personnes et qu'il valait mieux, surtout pour plus tard, oublier le plus rapidement cette affaire. D'autre part, si on s'était confié à elle, on l'aurait fait à certaines conditions, elle avait sûrement promis de garder le secret et, de toute façon, elle n'aurait pas voulu tenir le rôle de celle qui trahirait la famille en confiant le secret à quelqu'un qui le raconterait sur la place publique d'un livre, dénonçant sa mère qui avait atteint l'âge vulnérable de quatre-vingt-onze ans et qui avait vécu une longue vie difficile. L'autre hypothèse qui se présentait naturellement à l'esprit était que le récit n'était que pure invention de la part de ma mère, hypothèse qui pourrait donner crédit à l'ignorance de mon hôtesse mais à laquelle, moi, je ne pourrais jamais adhérer. Jamais je n'y adhérerais. C'était viscéral. Pourquoi l'aurait-elle raconté tant de fois ? Peut-être parce qu'elle craignait qu'on ne la crût pas, s'il n'y avait pas eu de témoin, et elle voulait qu'on le sache et sans doute que cette insistance pourrait un jour être interprétée comme le signe qu'il y avait bel et bien eu quelque chose. Peut-être qu'ils n'arriveraient pas à croire mais la part du doute, la part de l'événement était enraciné et rien ne l'enlè-verait. Rien ne prouvait donc encore une fois que la version de ma mère fût fausse, mais rien ne prouvait non plus qu'elle ne pût être vraie.

À bout de ressources, je lâchai prise. Je ne fis pas appel à d'autres témoins de seconde main qui pourraient corroborer le récit, encore que mon père attestât, avec la plus grande gravité, que ce récit était vrai, qu'en tout cas c'était celui que lui avait maintes fois raconté sa femme et que celle-ci tenait à le répéter, pour qu'on le sût. Ils essayèrent de comprendre ensemble cette insistance, si elle pouvait être le signe des circonstances où, avait-elle dit, elle était seule avec sa belle-mère au moment où l'incident était survenu. Il rappela également qu'elle tenait ce récit de son père, qui lui-même en avait peut-être été témoin, à moins que ce ne soit sa femme qui le lui ait avoué, et que lui le raconta par la suite à sa fille. Entrevoyant les démarches à faire pour compulser des récits plus ou moins contradictoires, recouper les ressemblances et les différences, les interpréter, tenir compte des récits de seconde main, de troisième main, et surtout des trous et des silences pour ensuite tirer des conclusions, en supposant qu'une conclusion puisse être tirée définitivement, je me sentis pris de vertige.

Épuisé, je cédai. Temporairement. Je me résignai. Je me dis que je n'insisterais pas auprès de cette femme pour qu'elle me dise toute la vérité, rien que la vérité. De toute façon, je savais bien qu'elle ne me la dirait pas même si elle la connaissait. Mais à force de me buter, de me cogner la tête contre les murs, je la comprenais mieux et, avec un peu de recul, je l'admirai de ne pas l'avoir fait, surtout si ce péché par omission était pieux, littéralement inspiré par la pitié, par la piété filiale. Elle avait le droit de garder le secret et elle continuerait à le faire même si sa mère allait bientôt mourir.

Je restai donc avec le doute qui s'était épuré, avait acquis une sorte de degré zéro qui remettait encore plus les événements dans le cadre qui était le leur. Quelques mois passèrent. À force de l'envisager, de le retourner sous toutes ses coutures comme un gant, le mettant en relation avec l'amour porté à ma mère, deux sentiments encore à mes yeux irréconciliables, j'en vins à penser que cet inconfort était peut-être nécessaire, en désespoir de cause. En effet, s'il avait été possible de connaître la vérité, à qui aurait-elle servi et à quoi ? L'aurais-je écrit dans le livre, ne risquais-je pas de détruire la tranquillité d'esprit de cette femme et de sa famille, aurais-je mieux vengé la mémoire de ma mère puisque c'était cela qui s'agitait encore dans le sentiment, ce règlement de comptes que j'avais toujours cru devoir être celui de ma mère mais c'était maintenant le mien qui s'épuisait, qui devait rendre les armes ? Aurais-je mieux compris la supposée méchante femme qui était peut-être placée au point d'arrivée de cette triste histoire ? Je le croyais de moins en moins. Je pensai que même si mon sentiment se transformait, rien n'aurait pu empêcher ce silence d'exister, le secret d'entourer ce geste.

Une attitude plus compatissante ne changeait rien aux faits, ni la haine, ni la compassion, mais elle lui apporterait davantage. Si c'était elle, des circonstances générales de la vie de cette femme, racontées par sa fille sans que celle-ci ait fait le moindre lien avec l'incident du coup de fer, expliquaient le geste.

Ce n'était plus un geste gratuit, isolé, de pure méchanceté, d'une infâme belle-mère à l'égard d'une adolescente sans défense. Un contexte, des événements n'étaient pas sans suggérer, sans pour autant le dire ni l'excuser, qu'il avait peut-être été autant le fruit de l'impatience que celui de la brutalité, qu'il était la conséquence presque logique d'une série d'épreuves dont l'effet négatif se cristallisa sur la personne de cette adolescente, comme un symbole : le mariage empêché de cette femme par une chicane de clôture avec celui qu'elle aimait tant, qui se maria avec celle qui donnera naissance à sa demi-sœur, la haine des deux femmes, la mort de l'heureuse élue, l'insinuation de négligence criminelle d'une famille à l'égard d'une autre, le mariage finalement de la femme avec cet homme, les lourdes responsabilités sur ses épaules, déjà trois enfants d'un premier mariage, enceinte d'un quatrième, la personnalité très affirmée de la jeune adolescente qui résiste à cette femme, la négligence du mari qui entretient des maîtresses et qui prend un coup, etc.

Cette femme, je la vois mieux maintenant, je la comprends mieux. J'ai envie de dire que je lui pardonne, si cela doit être fait, comme cela a été le cas par ma mère, appris-je quelques années plus tard. Je vois bien à quel point le doute était nécessaire, départageant le passé d'avec le présent ou mieux faisant une continuité, proposant par l'expérience une attitude plus réaliste, plus humaine, plus souple à l'égard du problème de la vérité que je cherchais désespérément et obsessivement à résoudre. Je l'avais déjà vaguement entrevu lorsque j'étais allé rencontrer cette vieille femme. Celle qui était morte depuis toujours dans mon esprit était vivante. C'était l'autre qui était disparue, ma mère. Elle me parlerait à son tour d'une morte. Comment cela se passerait-il ? Elle avait déjà accepté de me recevoir. Je croyais encore, dans ma grande naïveté, que le livre que j'avais l'intention d'écrire ne devait en somme que me conduire vers elle pour lui pardonner à la place de l'autre. Je me sentais investi de cette noble mission. Je me plaisais à imaginer une relation d'amitié teintée de beaucoup de compassion, qu'elle n'attendait en somme que moi pour se délivrer au bon moment de son terrible secret. J'étais très romanesque.

Le secret, s'il y en a un, elle l'emportera avec elle. Et c'est très bien ainsi et même mieux pour tout le monde. Sans cela, sans ce doute, je n'aurais pas compris que la vérité n'est pas seulement un concept moral, que son appréhension ne peut surgir que des êtres, que des circonstances, que de l'époque qui l'a sécrétée, qu'elle ne concernait plus seulement deux êtres enfermés dans le passé mais bien encore, plus peut-être, ceux et celles qui vivaient dans le présent.

Sans le doute qui s'est bonifié maintenant sans devenir un bon sentiment, je n'aurais pas compris que cette vérité ne pourrait être recueillie que dans la mesure où ceux et celles qui étaient plus ou moins directement concernés consentiraient à me l'exposer. Mais ici ils n'y consentaient. La révélation ne pourrait dans les circonstances être utile. Le sera-t-elle jamais ?

Non, elle ne l'aurait pas été, elle ne le sera jamais non plus. Elle a été plus utile ainsi, elle m'a permis, en dernier ressort, de rencontrer une femme âgée tout à fait différente de l'image qu'on avait laissée d'elle. Même si cela avait été, il n'empêchait pas cette femme d'être vivante encore et l'autre d'être morte, d'être ce qu'elle avait été tout en donnant une image différente, les deux images n'étant pas contradictoires, plus vivante que je n'aurais osé l'imaginer pour ses quatre-vingt-dix ans. C'était contagieux cette belle énergie, cette conversation brillante, cette invitation à souper. Je fus triste après d'avoir été privé du désir de la connaître plus tôt. J'étais avec elle dans le présent, près d'elle et si loin en même temps dans le passé mythique, au milieu d'une sorte de route de campagne, l'été. J'éprouvai pendant quelques instants une sorte de paix, ainsi enrichi d'une connaissance bien que partielle de l'autre côté des choses. J'eus le regret presque absurde que cela n'eût pas été possible plus tôt. Je me pris à penser que j'aurais facilement aimé cette femme, à la connaître.

Un jour, elle mourut pourtant. Lorsque sa fille m'a écrit quelques semaines plus tard pour m'annoncer la mauvaise nouvelle, cette femme est redevenue ce qu'elle avait été pour moi, une irréalité, un mythe comme si elle ne devait jamais mourir. Ce sentiment me mit mal à l'aise. La vie à la mort s'entremêlait sans que je puisse nettement départager. Elle joignait également à sa lettre quelques photographies familiales dont la traditionnelle photo de mains prise lors des noces d'or de ses parents qu'elle m'avait déjà montrée chez elle. Je ne connaissais pas bien cette coutume. Le rituel voulait que la femme dépose d'abord la main puis celle de l'homme s'appuyait dessus. La paire de mains ainsi constituée reposait sur une gerbe de roses rouges et d'œillets blancs. Ce qui m'avait frappé, c'était qu'on ait seulement photographié les mains sans les visages et que, n'eussent été les manches des habits, il aurait été difficile de dire laquelle main était celle de l'homme ou de la femme. Même la bague de noces de la femme était plus imposante que celle de l'homme. Je dois dire que cette photo m'avait donné l'impression de salon funéraire.

Quelques heures plus tard, après la réception de la lettre, je repensai vaguement non plus à la photographie mais au souvenir que ces mains photographiées avaient laissé dans mon esprit lorsque je les avais vues pour la première fois. Je ne sais plus si, à ce moment, c'est le souvenir, une sensibilité particulière qui s'était développée autour de ce thème depuis quelques années ou encore s'il s'y ajoutait la mort presque irréelle de la femme, morte sans que l'on m'ait prévenu, probablement toutes ces choses confondues, qui firent que j'eus le sentiment de voir, comme une vision, une main dégageant une aura de lumière, comme une main astrale, en négatif, une aura de lumière qui dessinait le tour de cette main noire, main d'ombre aux contours phosphorescents qui s'allumait dans la nuit d'un espace sans lieu ni âge. Comme si ces mains n'étaient pas encore éteintes, qu'elles vivaient d'une existence autonome.

Cette vision dura quelques instants. Elle fut envahissante. L'image était très nette. La main donnait le sentiment de vivre, de palpiter de mille vibrations. L'image disparut enfin. Il ne fut pas possible de la jamais faire revenir sauf par le souvenir.

L'HOMME QUI LUI RESSEMBLE

Parfois, l'après-midi, je vois de ma fenêtre un homme qui te ressemble. Sur le coup, je veux dire de profil, ça ne paraît pas trop. Il a à peu près le même âge, il s'habille à peu près de la même façon, la même sorte de vêtements discrets et sombres, sauf pour un détail. Lui, lorsqu'il sort, comme pour ne pas se laisser aller, il met toujours une chemise blanche et un nœud papillon.

Il a une drôle de démarche, pas du tout l'air de boitiller nerveusement tel que tu le fais. Chez toi, c'est une habitude. Tu n'as pourtant pas une jambe plus courte que l'autre. J'ai l'impression que tu empruntes d'instinct cette manière à quelqu'un d'autre, à ton père peut-être, que je n'ai vu que sur une photographie, ou à un de tes frères. Je ne pense plus que tu fais le petit vieux comme avant. Mais ce reproche ne venait pas de moi. J'y trouvais même un certain côté qui me plaisait bien, un côté philosophique, un côté méditatif lorsque tu prenais un bout de bois qui te servait de canne pour aller te promener sur tes terres. Je me disais que tu le faisais en pensant à ton père qui t'avait aimé, lui, d'une manière tranquille et calme, à l'insu peut-être de sa femme, ta mère. Je t'approuvais silencieusement de cet espace dont tu avais besoin même si ça avait l'air d'une fuite. C'était nécessaire.

L'homme qui te ressemble a l'air de penser à sa façon de marcher. Il marche comme un militaire. On dirait que c'est le pied qui commande en premier, puis le corps suit, puis un autre pied se pose. J'ai pensé une fois qu'il s'obligeait à sortir l'après-midi pour que la rigidité ne s'empare pas de lui complètement. Il se tient très droit, un peu trop penché vers l'arrière, les bras ballants le long du corps. C'est le corps qui marche, c'est le corps seulement qui le conduit. Je ne sais pas où il va. Ça n'a peut-être pas d'importance. Il marche, il prend l'air.

Un jour, j'ai eu une drôle de sensation. Par hasard, je l'ai rencontré. Il pourrait sortir cet après-midi, je le verrais d'ici, je surveille pour voir. Ça fait un bout de temps que je ne l'ai pas vu.

En réalité, je l'ai rencontré souvent. Une fois, il marchait sur l'autre trottoir et j'ai dû insister puisqu'il s'est retourné. Il n'y avait pas de réaction particulière dans son regard. Une autre fois, je l'ai croisé et j'ai eu l'impression de te voir sans que tu me voies puisque ce n'est pas toi. Ça m'a fait bizarre, j'ai vu ses yeux, des yeux verts, je crois. Je l'ai regardé droit dans les yeux. C'étaient d'autres yeux qui me regardaient, mais qui ne me voyaient pas en quelque sorte, un peu comme les tiens. Des yeux qui avaient vécu une autre vie, peut-être une vie comme la tienne, à la campagne, au bord du fleuve, des yeux qui passaient, qui balayaient le paysage, des yeux... non pas éteints, ce n'est pas ce que je veux dire, mais il y a quelque chose dans le regard des gens qui vieillissent... je ne saurais dire quoi. Tu rirais d'entendre ça, peut-être aurais-tu quelque chose à ajouter à ce sujet, tu parlerais de ton père, je m'assoirais tranquillement sans attendre, je serais plus calme, sans l'atmosphère irrespirable de la maison, sans la femme qui ne t'a pas beaucoup aimé, tu ne sais pas combien j'étais triste parfois de te voir, de te sentir méprisé parce qu'il n'y avait plus personne pour t'aimer, toi, l'homme à qui on avait répété qu'il n'avait pas de talent. Et tu avais vécu cette incompréhension sans bornes, c'était si intolérable et j'ai toujours eu envie de te le dire, mais je n'ai jamais osé, j'avais peur de quelque chose comme le son d'une voix qui s'enfle et qui crie. Si tu avais pu pleurer, j'aurais eu peur que ta peine et les larmes soient à la mesure de ce que tu as souffert. Tu as souffert, toi, je le sais, tu ne t'en es jamais plaint. Pourtant, ton regard à toi est resté jeune, intact, le regard d'un jeune homme, bleu. Pas toujours, je le sais bien.

L'autre a les yeux plus acidulés, mais peut-être est-il malade parce qu'une après-midi, je l'ai vu, il n'était plus du tout le même, il semblait avoir bu, son manteau était de travers, il ne marchait plus de la même manière, comme abattu, se traînant les pieds. Je ne me rappelle plus très bien, mais c'était un détail dans l'accoutrement qui le trahissait. Je le sais, il habite pas très loin d'ici. Une fois, une jeune fille est venue, en voiture, le reconduire chez lui. Il est resté à lui parler. Ça m'a fait drôle de constater qu'il parlait. J'ai eu envie, comme ça, pour voir sa réaction, de le saluer, s'il allait me répondre. Il n'aurait pas compris, peut-être, qu'un inconnu le salue, j'aurais pu lui dire, c'est vrai, qu'il te ressemble. J'aurais eu le temps de tout voir, mais je le sais à peu près, il a le même nez, un peu gros et recourbé au bout, le même menton, la même peau ridée et rugueuse à cause de la barbe.

Mais lui, à cause de sa démarche, il a l'air d'un oiseau qui n'aurait pas l'usage de ses ailes, un oiseau domestique, un coq, fier, qui avance mais avec l'air de s'en aller un peu ou de se pousser vers l'avant, un vieux coq, pas du tout comme le petit oiseau que tu t'es acheté pour te tenir compagnie, un oiseau jaune avec des reflets verts. Ça me fait drôle de dire ça. Mais lors d'une de mes visites, tu disais que ton oiseau ne chantait pas, qu'il préférait une voix féminine et qu'il ne se risquait pas à sortir de sa cage, même la nuit, même si la porte de sa cage est toujours ouverte. C'est drôle, tu vas rire, mais j'ai pensé que l'oiseau, c'était toi, que tu étais en cage toi aussi et que tu ne voulais pas sortir, pourtant la porte est ouverte.

La première fois que j'ai vu l'homme qui te ressemble, j'ai eu une montée d'adrénaline, un petit choc, c'était tellement toi, c'était incroyable que tu sois ici. Je n'aurais pas su comment réagir, il aurait fallu que je me prépare, que tu me préviennes parce que, en réalité, je ne sais pas encore qui tu es. Pour moi, tu es encore quelqu'un à découvrir. Je ne peux encore te voir comme tu es, je ne te connais pas, il faut que je te voie comme quelqu'un d'autre, il faut que j'oublie un peu le passé de cette manière, comme un dépaysement temporaire, séparé de la femme aux cheveux noirs. Tu me comprends ?

LES HASARDS SECOURABLES

La même chose se répétait, non plus cette fois-ci comme une projection, comme un reflet, mais pour de vrai. Comme si mon histoire de fiction avait mûri et semé sa graine de réalité en plein milieu de la vraie vie, ici, côté cour.

Une jeune femme était assise dans la fraîcheur ombragée d'une église, un lundi de Pâques. Elle pleurait et regardait intensément devant elle. Je venais de faire brûler une lampe votive, non que je sois plus croyant qu'un autre. Sans doute est-ce la beauté du geste et de la pensée l'accompagnant qui me fait entrer parfois dans les églises. Je me suis discrètement retourné pour observer cette jeune et jolie femme, au teint basané. Elle ne faisait pas attention à moi. J'ai pensé comme tout le monde, ou peut-être seulement comme quelques-uns, qu'il faudrait faire quelque chose, aller la consoler, lui parler. Peut-être est-ce la certitude que le geste ne serait jamais posé ou s'il l'avait été, il se serait présenté comme une sorte d'exploit qui aurait brisé la banalité de la vie quotidienne ou plutôt l'inertie qui isolait les êtres les uns des autres tels ces somnambules que nous étions parfois à marcher sur le toit de nos vies, notre vie intérieure, pourtant animée mais dont l'activité ne se voyait, me dis-je un jour, en regardant dans le miroir, que par de menus signes, comme si l'espace entre les esprits pouvait être aboli. Abolir la solitude. Et c'est peut-être dans cet esprit que je me voyais consolant cette femme, imaginant les paroles à dire, l'attitude à avoir. Mais j'ai fini par croire qu'il était bien présomptueux de vouloir essayer de consoler tout le monde. Phrase pas tout à fait honnête, me suis-je alors reproché, plutôt de consoler une inconnue. J'avais bien assez de mes tracas personnels et j'avais peur du poids de malheurs que me laisserait cette femme, ici, seule, un lundi de Pâques. Alors, me retournant souvent vers elle, assis à mon tour sur un banc verni, j'ai vu tout à coup, à ma gauche, accroché à une des grosses colonnes de l'église, un des tableaux de la Passion du Christ. C'était écrit : «Jésus console les filles de Jérusalem.» Sur le moment, je n'ai pas été particulièrement impressionné par toute une série de petits hasards, série limitée d'ailleurs, qui ont fait que je retourne dans cette église, que je m'assoie très précisément à cet endroit, pensant à la consolation et, après, voyant un tableau représentant le même sujet ou presque : la jeune femme basanée, les filles, Jésus. Et moi dans tout ça ? Ce rapprochement suggérait peut-être que ce n'étaient pas ceux qui étaient les plus heureux dans leur vie qui aidaient les autres mais ceux qui souffraient, comme ce grand homme ou ceux qui avaient été près de la souffrance d'un être humain de façon prolongée, que c'était celui qui souffrait maintenant le plus qui consolait les autres ; suprême ironie du sort.

Mais changeons de décor. La même histoire ? Oui et non.

L'autre jour, en voyant une des trois femmes en fauteuil roulant sur la galerie, j'ai, cette fois, été particulièrement frappé par la ressemblance entre la femme de mon histoire et celle qu'elle rappelait. Des ressemblances, oui, il y en a plusieurs, mais s'il m'était possible de traverser et d'entrer dans la maison de mon histoire, je verrais qu'elle est aussi dissemblable, à maints égards, que l'autre. Mais l'esprit humain, pour un temps, du moins, aime se blottir contre un réseau de ressemblances.

La même femme et sa corde à linge, la même chevelure poivre et sel, un paysage fluvial qui surgirait, les yeux fermés, par le cri perçant des goélands.

Tu étais assise sur la galerie derrière elle, loin derrière elle, ton image se superposant au fond d'un mur de bardeaux peints en blanc, petite, vue de loin, seule, avec à l'arrière-plan du décor la maison protégée par une rangée de peupliers de Lombardie et, en bas, le fleuve.

Elle est assise dans un fauteuil roulant depuis quelques mois seulement, ici en face de chez moi, côté cour, sur la galerie peinte en brun. L'odeur de caoutchouc des poignées et des roues du fauteuil me remonte dans le nez. Elle, je ne sais pas son odeur, ni son nom, les noms que je leur ai donnés, des noms de fiction, elle, madame trois femmes, lui, disions-nous maintenant pour rire, disions-nous de manière assez conventionnelle d'ailleurs, monsieur trois femmes, comme s'il y avait quelque honte ou dégradation à être ainsi associé au féminin, monsieur trois femmes qui, depuis quelques mois, étendait la lessive toujours aussi abondante sur la corde.

Elle a le même geste que toi, d'attente peut-être ou d'ennui ou de réflexion. Elle ne se distingue plus de toi, vous vous fondez l'une à l'autre. Elle pose son coude sur le bras du fauteuil, appuie sa main ou quelques doigts sur la peau de la mâchoire ou de la joue. Il me semble qu'elle devrait avoir les ongles plus longs. Je les sens. Elle a les yeux noirs, profonds, comme ceux d'un oiseau, depuis peu plus cernés comme en transparence par la profondeur de l'orbite. Le même geste de l'index qu'elle met parfois dans la bouche, appuyant l'ongle contre une dent ou entre les dents. Des yeux perçants. Elle voit tout de son point d'observation, de son immobilité relative, elle dépend de l'autre pour entrer dans la maison. Elle regarde les détails qui composent son univers plus restreint, des nuances, de petites choses vivantes qu'elle pointe du doigt, là sur la pelouse, et qu'elle commente en compagnie d'une amie. Elle parle de rien, de tout, se réjouit, par exemple, du progrès des pousses nouvelles qui sortent de la terre dans le jardinet, en bas, elle réfléchit, se laisse porter par une lente méditation, par le soleil qui la réchauffe et l'engourdit comme il te réchauffait, qui l'aide peut-être dans sa maladie, tu l'aides peut-être dans sa maladie, je l'aide peut-être dans sa maladie qui la cloue dans un fauteuil roulant, la sclérose en plaques, je ne sais pas pourquoi je dis cela, pourquoi est-ce que je l'aiderais, pourquoi cette femme qui me servit à écrire mon histoire de fiction, qui marchait, étendait sa lessive, me faisant penser à toi, pourquoi à son tour est-elle, comme tu l'étais dans les années soixante, en fauteuil roulant, immobilisée, ici dans la vraie vie, côté cour?

Maintenant je suis de l'autre côté de la vie, je ne pourrais pas pousser ton fauteuil roulant sur la galerie, je ne suis plus un adolescent inconscient qui pousse sa mère en fauteuil roulant, un geste à la limite machinal, sans engagement émotif qui reste dans la mémoire.

Est-ce le hasard, ce mot parfois vidé de son sens ou d'un sens qu'on ne lui connaît pas, est-ce le sens de ces hasards, la femme de l'église et celle du fauteuil, cette émotion profonde qui me fait te voir dans une autre, toujours vivante à mes yeux, dans cette femme malade qui devenait maintenant, à son tour, plus vivante que toi, Cécile, morte depuis sept ans, plus vivante que toi, comme un personnage, cette femme malade qui, peut-être, n'en a plus pour longtemps à vivre, avec ce petit chien beige qu'ils lui ont acheté pour adoucir sa fin et ces amies qui lui tiennent compagnie sur la galerie et cette joie discordante qu'elles essaient de lui offrir.

Ces hasards qui me font te voir encore mais peut-être davantage cette femme, la maladie, la souffrance, à la portée de l'œil et de la main. Cette émotion devant la souffrance tout court.

Petite flamme

La petite flamme que j'ai vue à l'arrière de ce lieu parfumé brillera-t-elle de la régularité pleine et entière, de l'éclat dont elle devrait briller pour lui, pour toi, Philippe? Dans l'étendue apparemment restreinte de ces quelques jours où tu es devenu un être vivant et non pas seulement un enfant atteint de mongolisme, pas seulement une caricature, pas seulement un enfant qui suit ses parents, les yeux croches, la morve au nez. C'est ce que l'image de mon propre visage m'a réfléchi entre les portes de ce lieu, comme si l'on devait se retrouver face à face avec soi-même, seulement avec ce regard nu. Il y avait au-dessus d'une pile de feuillets un miroir, objet qui sembla incongru pendant quelques instants.

Le silence bienfaisant de ce lieu n'empêchera pas les choses d'être ce qu'elles sont. Elles sont implacables comme ce silence, sa matérialité physique, phénomène dont je sens le poids, l'opacité, qui se montre de plus en plus à mesure que les bruits s'estompent.

Quelque part, tu vis. Je le sais, quelques jours après ta naissance, en allant voir tes parents, je me suis égaré dans l'hôpital et je me suis retrouvé devant la pouponnière, pas très loin de ton petit lit. Le hasard.

Je t'ai vu seul. Tu n'avais que quelques heures, là, couché dans ce lit solitaire. Objet d'un drame, de quelque chose qui se passe à l'extérieur de toi pour le moment, pas à cet étage. Tu n'es pas le drame en lui-même, le halo n'est pas ici, il est plus loin. Plus tard, je t'ai pris pour te bercer, j'insistais, j'y tenais, je voulais pouvoir saisir, contenir ce petit corps qui m'effrayait comme les autres bébés, cette fragilité. J'ai senti ta chaleur humaine, j'ai pris tes mains douces, je les ai agitées comme tu le feras plus tard, j'ai senti ton odeur, j'ai vu ta bouche qui s'ouvrait, semblant pomper l'air, comme le font les enfants trisomiques. Je t'ai gardé, je t'ai beaucoup regardé, je t'ai vécu pendant quelques brefs mais intenses moments. Quelqu'un disait d'une voix chaude qu'un enfant comme toi n'avait besoin que d'être bercé, que d'être nourri et de dormir pour être heureux. Ce n'était que très vrai.

Quelques heures plus tard, le soir dans mon lit, je pensais trop à toi, notre contact m'avait changé, je n'étais plus capable de te voir de l'extérieur, je ne voyais plus tes parents qui souffraient de ce drame, d'une sorte de mort, pire que la mort, croyait-on, mais les autres, je ne les voyais plus, il n'y avait que toi qui venais de naître et dont le corps savait, connaissait sa situation, ces chuchotements autour de toi, ces inflexions douloureuses de la voix, cette solitude de ton petit lit à la pouponnière, où même les infirmières te berçaient moins que les autres, avait-on dit, ces longs jours où tu restas à l'hôpital.

Mais les paroles ne veulent pas seulement dire ce qu'elles disent dans ces moments-là, elles servent de

défense, elles voudraient être celles du courage. Elles
ne sont pas capables de transcrire le sentiment qui
nous habita tous, une peine à l'état brut, un malheur
par omission, par manque, un malheur abstrait, quelque
chose d'avorté, de brisé dans l'œuf, une peine mort-
née. Je ne sais pas comment tes parents ont vécu cette
peine, je ne suis pas dans leur corps, on ne peut
jamais savoir assez.

Depuis ces quelques mois, je ne t'ai vu qu'à une
seule reprise lors du baptême d'un autre enfant. Tu
étais venu avec ta nouvelle famille dans un autobus
spécial et je n'ai pas osé aller te voir comme j'en avais
envie parce que j'avais peur de moi. J'ai rencontré
cette femme qui s'occupe maintenant de toi et de
plusieurs autres enfants handicapés. Vous êtes restés
sur le parvis de l'église, sauf une petite fille en fauteuil
roulant qui chanta lors de la cérémonie une chanson
de sa voix claire, nous rappelant que tu existais bel et
bien par personne interposée. Tous se turent et ce fut
pour moi le plus beau moment de ce baptême. Tu
n'avais pas été oublié. Depuis, tu as été constamment
malade comme tous les enfants trisomiques. Tu as
failli mourir plusieurs fois, tu t'essoufflais, ton cœur
ne suffisait plus à la tâche de te faire vivre, tu as été
hospitalisé à quelques reprises. Tu étais entre la vie et
la mort. Nous disions, nous pensions que c'était toi
qui décidais, nous n'osions formuler de vœu qu'à la
mesure de celui qui t'habitait, dans la conscience
éclairée de ton désir. Tu t'en es sorti, tu as grossi
quelque peu, tu es hors de danger.

J'ai vu sur une photographie où tu prenais ton bain
ta cicatrice, tes petits yeux ensommeillés, comme

légèrement éteints, et le beau chapeau rouge qu'on t'avait offert et qui t'allait si bien.

Philippe, peut-être est-il préférable que je ne te voie pas, que je te suive par les autres, sur quelques photographies, que je ne te prenne pas dans mes bras, que je ne puisse aller te voir comme j'en aurais envie, mais je sais que tu vis bien, que tu as de l'amour, que tu es entouré, qu'on fait l'impossible pour que tu sois heureux. Je sais bien que l'impossible est fait, mais je ne puis m'empêcher de penser que l'impossible était ailleurs et que tu le sais en quelque endroit de ton corps.

Ici, dans ce lieu parfumé, un homme est assis derrière moi et murmure ses prières depuis un moment déjà. Je n'entends pas ce qu'il dit mais j'aime le bruit de ses lèvres qui forment des sons étouffés comme pour une confidence, une confession. Une sorte d'intimité et de chaleur existent. Je ne bouge pas trop pour ne pas lui donner l'impression qu'il me dérange. Je me plais à penser qu'il me dit peut-être quelque chose et qu'à travers lui, Philippe, tu me parles ton langage de petit enfant que je cherche à comprendre, tel le murmure inlassable de cet homme qui s'adresse à quelqu'un d'invisible, représenté ici par ces images, ces sculptures, ces lampes votives qui brillent devant nous comme autant de signes de vie, de désir pour quelqu'un d'autre dans l'abandon d'une pensée qui naîtrait du silence, de la remontée de ces images de vie et de mort qui se forment en nous, mystérieusement, et qui cherchent à créer « la suite du monde ».

TROISIÈME PARTIE

DEVANT LE SEUIL
À FRANCHIR

Pour un esprit trop tranquille

Tout pouvait naître de rien pour un moment, tout ou presque rien. Cela commencerait ainsi. Quelqu'un se sentirait plus libre de sortir l'après-midi, plus libre ne veut pas dire plus léger. Il y aurait comme une sorte d'appel, une nécessité de s'asseoir et d'y penser sérieusement. Il n'était plus question de remettre encore à plus tard cette... responsabilité, responsabilité d'être ici, celle du regard.

Il s'assoirait dans la cour mais pas trop confortablement. L'idéal, pensait-il, serait de pouvoir écrire en marchant parce que les meilleures idées venaient à ce moment-là, marcher au bord du fleuve, près de quelque chose qui donnerait l'impression de ne jamais finir et de ne commencer nulle part.

Ici, le soleil de l'après-midi effleurait le visage. Les feuilles très exotiques du vinaigrier formant un parasol n'étaient pas encore complètement sorties, mais sorties de quoi ? de l'arbre ? de la branche ? de la grappe bourgogne qui restait l'hiver, imitant la forme d'un oiseau, et qui servait de nourriture aux étourneaux ? C'étaient des questions de ce genre qui surgissaient, tapies dans l'ombre, pourtant anodines mais impossibles à franchir, auxquelles se livrait son esprit, comme un jeu diabolique pour un esprit tranquille, des questions grotesques parfois comme pourquoi les femmes serrent-elles les jambes, ont-elles quelque chose de honteux à cacher? pourquoi les hommes ont-ils les jambes ouvertes, ont-ils quelque chose de précieux à montrer? ou sur la forme ovoïde de l'œuf, ou la transparence de l'eau et combien d'autres encore comme le sens que formerait l'addition du prénom et du nom de famille d'un individu...

Ces questions semblaient en cacher d'autres, peut-être une seule au fond, et procuraient un inconfort dont il avait besoin, cette sensation de la corde raide, d'une urgence. Mais il pensait que la corde raide avait ses exigences et il fallait savoir jusqu'où on pouvait aller trop loin. Maintenant qu'il y était, il allait redescendre un peu.

Il fallait qu'il se détende, qu'il profite du soleil, de ces oiseaux, du bleu, du vert, des choses les plus ordinaires. Il s'appuya au dossier de la chaise longue.

Profiter de tout, de cette boule de pissenlit séchée qui tournoyait dans l'air presque en état d'apesanteur ou d'hypnose puis la boule repartait, s'élevant rapidement vers le ciel.

Profiter de rien, de ce coup de vent qui soulevait une nappe de cuisine où ondulaient les longs cous roses des flamants, celui des palmiers, cette nappe où s'étiraient des scènes typiques de pirogues poussées par des négrillons avec derrière les couleurs brûlantes d'un coucher de soleil tropical.

Des chansons populaires distillaient leurs airs de rien, des airs languides qui rappelaient des après-midi d'été à la campagne.

Les hirondelles avec leurs ailes comme des lames voltigeaient abruptement dans l'air sans jamais se poser sur le sol.

Au loin, entre les couches rondes de la rumeur, le carillon d'une église sonnait à la volée. Un mariage peut-être. On voyait une image ancienne, des photographies en noir et blanc, la jeune mariée sur le parvis de l'église, tous voiles dehors, le blanc de sa robe presque phosphorescent à force de soleil, à côté du jeune marié, habillé de gris ou de noir.

Une cabane à oiseaux reste inoccupée cette année malgré ses deux étages et son perchoir. C'est trop sec peut-être ou trop près des humains.

Il leva la tête un peu plus haut. Comme il se sentait petit ici. Il fallait lever la tête. C'était toujours plus difficile de lever la tête. Il se sentait petit parce qu'il était au creux de quelque chose, au centre d'une sorte d'allée bordée d'un côté par le feuillage des arbres, de l'autre par la hauteur des toits et des galeries, une allée coupée par des clôtures abritant chacune un espace personnel de verdure. Mais la vue ne portait pas très loin, sauf cette trouée de ciel bleu exempt de nuages aujourd'hui mais striée d'un fin réseau de cordes à linge qui, littéralement, embellissait ce paysage, comme une contribution plus directement humaine à l'ensemble.

Un paysage de rêve. Tout pouvait arriver par le regard. La sensation de la beauté se constituait au fur et à mesure de la découverte. Quelque chose de concret d'abord mais qui s'étendait à des moments du passé, à ce pan de l'existence des êtres comme en retrait ou en préparation, celui de l'enfance où tous

les espoirs étaient permis, où les désirs étaient souvent satisfaits, ce pan de l'existence qui rappelait des
sensations de confort parce que tout est plus haut que
soi et l'on est si petit.

Cette beauté, elle s'imposait par moments de
façon fulgurante comme un élément naturel qui allait
de soi et qui manquerait certains jours, à tel point que
le paysage aurait l'air d'être nu. Cette beauté s'épanouissait certains jours de soleil et de vent. Il suffisait
d'être là et ailleurs, plus près de soi et des autres.

C'était indéfinissable, cette sensation d'être là,
seulement. Ces vêtements accrochés la tête en bas,
ces serviettes, ces draps souvent modestes, ces sous-
vêtements, ces bas, ces torchons qu'on lavait aussi,
parfois une corde en était pleine, devenaient pour un
moment des éclats de rire, des phosphorescences de
blancheur, des troncs, des carrés et des rectangles,
tableaux abstraits ou casse-tête dont il manquerait
toujours des morceaux, ou encore une indiscrétion ou
un exhibitionnisme de son intimité la plus secrète, des
taches sur les draps, dans les sous-vêtements...

Comme ils étaient beaux ces vêtements. C'était
parfois le mouvement du vent qui adoucissait ces
êtres de tissu, ces pantalons gonflés, ridiculement
rigides comme cherchant à se tenir debout pour un
instant, ces sous-vêtements subitement remplis où
l'on devinait les formes qui allaient y être contenues,
douceur de la peau, serrement des élastiques, textures
satinées qui luisent au soleil et glissent dans la main,
soutien-gorge de couleur chair dont les bretelles
pendent, caleçons débordant de la générosité des
corps, camisoles blanches qui laisseraient les bras au

plaisir de l'effleurement de l'air, chemises de nuit qui seraient ce soir aussitôt enlevées qu'elles seraient mises, poussées par les pieds, chiffonnées entre les draps, chemises de nuit qui sèchent le jour et qu'on chercherait au matin, caleçons masculins portés par d'audacieuses personnes, se plaisant à se promener dans cette tenue, se faisant admirer, mine de rien, se flattant le ventre et la poitrine...

Un bruit ronronnant lui fit lever la tête un peu plus haut. Il prit un certain temps à repérer le petit point de lumière qui traçait dans le ciel une fine ligne blanche qui, bientôt, se dissolverait comme une poudre. Le voyage. Où vont-ils ? Dans l'avion, les gens sont assis et lisent quelque chose pour se détendre, pour ne pas y penser. D'autres ont pris deux verres de vin. Un autre a peur, il regarde la jeune fille assise près de lui. Elle a l'air calme. Elle a les yeux fermés. Mais il sent qu'elle se force, qu'elle se concentre sur quelque chose, sa respiration peut-être. Il lui parle parfois. Il doit avoir l'air effrayé parce qu'elle le regarde d'une drôle de façon. Il a peur. Il lit, pour se détendre, le *Journal* de Kafka. Il lit avec un crayon à la main. Il est assis dans la queue de l'avion. Il pèse avec son pied sur le plancher de l'avion mais pas trop, comme s'il était en carton. Parfois il imagine l'espace entre la terre et l'avion, le plancher en devient transparent. Rien que d'y penser lui donne le vertige.

Lever la tête. C'était toujours plus difficile de lever la tête, vers le ciel, vers cette couleur qui clôturait le monde, et il en éprouvait parfois une sensation d'enfermement, un vertige du bas vers le haut.

Mais c'était cet inconfort qui faisait parler le regard, s'attachant à la moindre chose qui pût être une nourriture, un appui. Il ne pouvait revenir en arrière vers cette insouciance opaque qui ne voyait pas, qui s'entrouvrait parfois vertigineusement sur la réalité puis cela se dissolvait dans les jeux, dans le travail de l'été comme jardinier, dans l'eau du fleuve lorsqu'ils pouvaient, encore enfants, encore de longs adolescents maigres, y enfoncer complètement la tête et se lancer du varech et s'enduire le corps nu de terre glaise grasse et grise pour être des êtres exotiques dans un paysage tropical, pour voir craqueler la terre autour des lèvres, sur les joues, sur le ventre. Il avait changé, il était encore le même. Il y avait maintenant une nécessité et un choix, ceux de sa nature à lui, d'être là et d'imaginer que peut-être plus haut, là-bas, le mur blanc d'un édifice faisait songer à la passerelle et à la cheminée d'un bateau transatlantique qui se serait échoué en plein milieu de la ville.

Ici, dans cette modeste cour, sous le vinaigrier, il était, en un sens, en plein milieu de la ville, entre des rangées de maisons ou au milieu de ce qui avait été, autrefois, une allée pour passer d'un voisin à l'autre. Il rêvait à ce qu'avait dû être la géographie des lieux. Pas vraiment une impression de ville si ce n'est, plus haut, ces couloirs du son qui passaient. Un monde étrange, si on prenait la peine de se laisser envahir par cette drôle de position ici, comme dans un enfoncement.

Un monde inconnu, celui des oiseaux du matin et du soleil, fraîcheur avec sa rosée, monde peu regardé, épargné par ceux qui dorment encore, par ceux qui

partent pour la journée, monde en retrait, qui rappelle
une femme aux cheveux blancs, des draps étendus sur
la pelouse verte, des fleurs autour de la maison d'été,
monde où la qualité de l'air est différente, où tout est
doux à regarder, à respirer, monde où des femmes
sortent pour étendre le linge, monde des odeurs, de la
couleur, du mouvement, de la double nécessité, du
double emploi, monde souvent méprisé, monde des
odeurs, de la poudre à laver, de l'eau de Javel, du
rythme de la laveuse automatique, des épingles à
linge en bois qui tombent dans la petite cour, en bas,
monde à part, où il n'y a personne ou presque, monde
de ceux qui ne travaillent pas officiellement, monde
inconnu, continent noir, monde de la contemplation,
monde apparent, d'angles et de surfaces, qu'on ne
reconnaîtrait pas de l'autre côté, dans la rue.

Au loin, quelqu'un sablait un morceau de bois
pendant que des voitures passaient; le bruit coulant et
frais des automobiles l'été dans la chaleur où l'asphalte
devient le mirage d'une eau incertaine.

Un homme, de l'autre côté de la clôture, tondait
la pelouse. Il avait un air si absorbé, trop sérieux pour
une activité de ce genre. À fermer les yeux, juste à
l'odeur, l'on se transportait à la campagne et l'on
rêvait à ces samedis matins où son père tondait la
pelouse, où la vie était enclose dans ce rituel de l'été,
où la vie était douce.

Ici, il était facile de se laisser bercer par les cris
de ces nombreux oiseaux qui constituaient une des
couches de cette enveloppe sonore qu'on pourrait
appeler le silence ou, mieux, le bleu du ciel. Des
oiseaux qu'on ne voyait pas, pour la plupart, faisaient

rêver. Certains cris, on le croirait, étaient inhabituels et provenaient, peut-être, d'oiseaux en cage que leurs maîtres sortaient sur les galeries pour qu'ils prennent un bol d'air frais, tellement ces cris étaient de petites mélodies plus complexes comme des vrilles, comme des plantes grimpantes.

Le cri du rouge-gorge rappelait de doux moments après la pluie et la drôle de course que l'oiseau faisait sur la pelouse. Il s'élançait puis il s'arrêtait subitement, relevant la tête, on ne savait pourquoi, pour vérifier quelque chose avant de piquer un insecte ou un ver entre les brins de la pelouse. Cri invisible le soir après une journée chaude. On les imaginait, ces oiseaux, sur le fil de quelque poteau électrique ou dans un arbre dont les feuilles masquaient agréablement la présence. Ils avaient l'air d'annoncer la fin de la journée, se laissant porter, peut-être, par la contemplation d'un irrésistible coucher de soleil. Cri d'une douce mélancolie, cri de la Terre qui vit et qui, parfois, tourne trop lentement. Les feuilles frémissent de vent, l'air empli de ces odeurs qui s'échappent et passent, ces teintes du soleil inexplicables, mutisme devant la beauté où les derniers rayons faisaient songer à ces deux rondeurs qui avaient l'air de se toucher, la Terre et le Soleil, et nous, nous étions là sur cette planète, ici dans cette cour ou ailleurs.

C'était si extraordinaire. Il n'y avait plus un seul mot à dire. C'était fantastique à proprement parler. Parfois, sans crier gare, surgissait la sensation d'une énorme solitude, d'une inquiétude vague parce que le paysage n'était plus comme avant, n'était plus insouciant, ni transparent. Il n'était plus un simple paysage.

Tout avait basculé en quelques secondes. Il ne semblait plus y avoir d'appui nulle part, ni dans les êtres, ni dans les objets, ni sur cette chaise longue. La sensation était assez nouvelle pour faire peur. Elle fut intense mais brève. Elle se dissipa lentement. Les éléments comme effacés du paysage retrouvèrent leur place, les lenteurs de l'été, leurs imperceptibles mouvements.

Il y avait la présence de l'autre qu'on avait oublié et qui calmait. Les solitudes redevenaient vite ordinaires, à cause des cloisons de l'âge qui empêchaient une véritable communion. Mais, à proprement parler, elle était impossible, elle se faisait toujours en retard. C'était avec d'autres qu'on pourrait la partager, au sujet de celui ou de celle qu'on aimait plus qu'on le croyait, d'ailleurs le mot amour ne convenait pas à cette coexistence pacifique des êtres enfermés l'un à côté de l'autre, toutes ces années, c'était par pauvreté de langage, c'était trop viscéral. Cette femme se berçait elle aussi, lointaine pour un moment comme elle l'était réellement pour l'autre, assise dans ce fauteuil en osier aussi naturellement là que le paysage, ordonnant par sa présence chaude les éléments mais on ne le sentait pas sur le coup, on ne le voyait pas, c'était acquis, l'eau ne serait pas ce qu'elle est, ni le ciel, ni ces cordes à linge. Elle était partout cette femme puis elle rentrait dans le paysage, mise à distance. L'agacement et le profond ennui de l'adolescence, cet entêtement, cette porosité. C'était tellement physique, les pores de la peau semblaient ouverts, disponibles, s'avançaient presque vers un monde qui n'était plus ici, mais ailleurs. On cherchait à s'échapper de l'enfermement, de la prison, on le désirait, on ne savait pas où, on ne le pouvait pas encore.

On ne savait pas encore que le désir était là, de toutes sortes, vagues mais se prolongeant parfois tout un jour, une semaine, parfois comme une urgence désespérée dans l'air, dans sa chair, dans le regard neuf comme une éponge, aussi neuf que possible, aussi neuf qu'on croit l'être.

LA BOUCLE D'OREILLE

Il avait une façon particulière de saisir les objets, de prendre un crayon pour écrire une lettre par exemple. C'était drôle et étrange à la fois cette impression de flottement, d'irréalité lorsque le crayon conduisait la main sur le papier. Il avait l'air de faire semblant d'écrire. On ne sentait pas le poids de la main, le crayon paraissait contenir une énergie extra-ordinaire. Les mots apparaissaient comme par magie dans des motifs de pattes de mouche qui faisaient s'élancer les l et se barrer les t. Parfois le crayon s'arrêtait, se relevait très légèrement au-dessus du papier et continuait à écrire, griffonnant dans l'air un mot pour ne pas perdre le fil. Il avait une façon particulière de saisir les objets qui contrastait avec la forme vigoureuse de sa main. Il écrivait comme cela. Je n'étais pas le premier à l'avoir remarqué. Il riait en se voyant faire. Il ne prenait pas l'écriture au sérieux.

Sur une boîte laquée était dessinée à la main une scène de la jungle où passait, comme par hasard, un tigre dont l'expression respirait l'innocence et la candeur. Il n'avait pas de boîte à bijoux, il n'en avait pas déniché dans les marchés aux puces. Un plat de céramique noire contenait un amoncellement où s'entremêlaient l'éclat des perles en colliers, la marque de commerce d'une boîte de poudre extrafine pour brunette, un carton d'allumettes où était écrite l'expression «Le cochon dingue». Il ne prenait pas les bijoux au sérieux, du toc, de la frime, du plaqué, du plastique, des boutons, un peigne avec un manche comme un parapluie, l'œil vigilant dans les marchés aux puces, aux aguets d'une originalité à la Coco Chanel ou, plus récemment, à la Billy Boy. Les bijoux ne faisaient pas corps avec lui, ils étaient là, mêlant leurs formes toujours excentriques entre des chaînes de cou qu'il ne portait jamais. Elles n'étaient plus à la mode mais cela reviendrait. Il fallait les garder. Dieu sait à qui appartenait ce bracelet en écaille de tortue très beau, cette composition de bracelet sur lequel il avait posé des morceaux de fausse fourrure de léopard. Plusieurs bijoux étaient ternis, il fallait les nettoyer en de rapides mouvements des doigts, les frotter avec un liquide merveilleux qui leur donnait un nouveau visage. Souvent il les sortait du plat sous prétexte d'y mettre un peu d'ordre et les étalait sur la table de cuisine couleur moutarde de Dijon. Il était heureux, il découvrait d'anciens motifs ternis par l'acidité de mains inconnues, les exposant à la lumière, ébloui, puis bientôt indifférent, il sortait une montre à chaîne que nos aïeux portaient dans la poche et frottait à petits coups nerveux, la déposait, imbibait le chiffon et recommençait, puis cela rutilait, «objets inanimés avez-vous donc une âme qui s'attache à nos pas...» Il était comme un enfant devant un trésor inestimable, puis, très vite, le jeu perdait de son importance. Il passait à autre chose.

Il faisait des projets pour l'été même en plein hiver, des projets pour un travail de couture. La tête penchée, il déroulait précautionneusement des tissus et falbalas de toutes couleurs, aux motifs de ramage satinés, de rayures, de carreaux pour lesquels pourraient être conçus des coussins, une chemise serait parfaite et originale, découpée dans ce rideau des années soixante où étaient suspendues des compositions de paysages avec des arbres et des persiennes, mais toujours sans personnage. Ces rideaux étaient bizarres, je me souviens du sentiment de tristesse que j'éprouvais à les contempler, à cause du vide malgré la répétition. Une taie d'oreiller représentait de longs crayons à mine qui semblaient se pousser les uns les autres. Un autre rideau, avec d'innombrables pinces dans le haut, devenait une élégante et outrageuse robe du soir, de couleur verte. Des chemises d'été avec des palmiers, des îles, des bateaux à voiles, des noms d'endroits de villégiature attendaient qu'on les sorte et qu'on les essaie. Il en mettait une par-dessus sa chemise et en commentait le motif, la couleur, si elle pouvait être portée le rabat à l'extérieur du pantalon. Des lisières de fourrure, de renard, de vison, de peaux de vache devenaient des chapeaux russes qu'il s'entortillait devant le miroir. Il ne prenait pas les vêtements au sérieux. Le jour, il avait les cheveux en bataille qu'il prétendait avoir peignés, il portait un pull plus ou moins froissé et un jeans qui avait plus la forme du corps que d'un vêtement. Le soir, il avait l'air déguisé sans déguisement. Lorsqu'il sortait, il choisissait un vêtement spécial, tout en noir, avec une ceinture dont la boucle chromée représentait des lettres japonaises.

Il portait des souliers pointus. Le pantalon faisait très oriental par la coupe, très chic, la jambe fuseau.

Ce soir-là, il décida de porter une boucle à l'oreille droite. Il en avait de tous genres : des boules, des yeux de poisson, un bec d'oiseau noir, des tatous en argent, des éclairs de métal, une dent de loup, une perle d'eau douce. Les bijoux ne faisaient pas corps avec lui. Il avait une façon particulière d'effleurer les objets comme pour les réchauffer dans la paume de sa main, comme si les objets consentaient à se laisser prendre par lui.

C'est ce soir-là par hasard que je l'ai rencontré. Il dansait seul sur la piste de danse d'une discothèque. Il n'était pas plus seul qu'aucun de tous les autres dont certains jouaient à l'être. Comme une ironie, une nouvelle mode s'était imposée. Elle consistait à danser seul avec une expression d'autonomie. C'était le mot de passe, le mot magique, le mot moderne dont on se gargarisait, produisant un petit effet qui redonnait un peu d'espoir. Il dansait seul mais n'affichait pas des airs faussement indifférents, parfois hautains, ni de désespoir muet et glacé, enrobé d'une agressivité à fleur de peau. Lorsqu'il relevait la tête, une sorte d'euphorie épanouissait le visage, trop euphorique peut-être. C'était la manière d'organiser son corps qui attirait le regard, une manière enveloppée comme s'il cherchait à entrer en lui-même, à l'écoute de quelque chose, sa tête penchée, ses épaules soudées au cou, même les gestes des bras et des jambes allaient dans ce sens. Il me fit penser à un Amérindien, mon imagination exagérait, je voyais la nuit des visages bariolés de rouge et de blanc, éclairés dramatiquement par le clair-obscur d'un feu de bois. Il dansait et prononçait des mots incompréhensibles qui semblaient provoquer en lui-même un état second, pour épuiser son énergie, exorciser quelque chose. Tous les autres regardaient le feu. Il dansait, il aurait pu danser toute la nuit. Il dut se sentir observé puisqu'il releva la tête. Je lui souris d'une spontanéité qui ne m'était pas naturelle.

À l'intérieur du bar, il y en avait un autre, une sorte de petit salon plus intime ; on pouvait s'y asseoir et, comble de luxe, parler. C'est alors que j'ai remarqué qu'il portait une boucle d'oreille assez excentrique qui voltigeait au bout de l'oreille droite. Ce petit bar s'appelait *L'Intrigue*. L'intrigue... Une combinaison de divers éléments romanesques était obtenue au moyen de la décoration. Le plafond était tapissé d'un papier bleu de nuit et piqué, çà et là, de petites étoiles. Au-dessus des banquettes de cuir, des nuages découpés dans du verre dépoli étaient éclairés à contre-jour. L'air était frais, les cartons d'allumettes parsemés d'étoiles. Nous étions debout l'un près de l'autre. La position assise semblait artificielle, en représentation. Il aurait fallu tourner la tête vers son interlocuteur chaque fois, puis revenir à sa position initiale.

Je me souviens qu'il parlait et riait de son rire personnel. Il racontait de petites anecdotes dont le seul fil semblait être celui du rire qui agitait sa boucle d'oreille. Il la portait à l'oreille droite, une audace. Les conventions voulaient que les hommes la portent uniquement à l'oreille gauche. Le bijou devait être, comme il se doit, discret de forme, un petit anneau en or pour les pirates, un mince point de diamant pour les plus raffinés, mais figurer une confirmation pour rassurer les pairs sur l'identité de celui qui la portait, un petite tête de squelette pour les «heavy métal», ou pire la récurrente corne d'abondance tel un miroir. La sienne était excentrique par son volume et abstraite de forme. Un mince cercle d'argent piqué par le milieu entrait dans le lobe percé de l'oreille. Autour du cercle, reliée par une petite attache pendait une boule de métal de couleur chrome qui donnait parfois l'impression d'être suspende à un fil.

Son rire, qu'il exagérait parfois, s'était interposé entre nous et ne coïncidait pas avec la nouveauté de la circonstance ni même avec les histoires qu'il racontait et ne concernaient que lui. Ce rire était souvent un rire pour rien, nerveux, un rire qui donnait l'impression parfois d'accepter de vivre puisqu'il fallait vivre, puisqu'il fallait rire, qui coulait, qui acceptait le courant, le quotidien, les temps morts. Une limpidité, une fraîcheur, l'effervescence, le pétillement, la fantaisie à l'état brut. Des incidents de tous les jours, des tours pendables, des répliques, de petites scènes anodines. Souvent il se faisait rire avant que l'histoire ne soit terminée. C'est drôle le rire, c'est curieux. L'on entend rire et l'on rit. C'était l'image qu'il avait choisi de donner de lui-même peut-être, comme s'il pouvait être heureux avant la lettre, malgré tout, de tout son être corporel.

Pourtant la conversation demeurait difficile, presque impossible parfois, et ne faisait, par contraste, que ramener l'éventail des questions habituelles, ces questions dont la plus importante restait et devait rester pour le moment sans réponse. Elles surgissaient entre les anecdotes, dans l'ombre, trop rapides, d'autant plus vives, aussitôt emportées par le courant. Mais il y avait ici heureusement un écart entre le rire et les signes corporels qui dénotaient des contradictions. Ces signes offraient l'espoir toujours très fragile de quelques suppositions, des embryons de réponses, qui s'enchaînaient à des images, à ce rêve pourtant si ordinaire mais impossible encore à réaliser à tel point qu'il arrivait que plus personne n'y crût ou, pire encore, ne fasse semblant d'en être complètement détaché. Il arrivait parfois qu'on ne sût plus si c'était l'angoisse qui s'étendait à tous les autres sentiments, les altérant et faisant croire à une sorte d'intensité.

Petit à petit, je devins semblable à des détails, à son être véritable. Un courant tournait dans l'air, se rapprochait, une impulsion que je souhaitais réciproque. Des détails, le son de la voix, les gestes de la tête et des mains, la fuite du regard parfois, le trépignement des pieds, les imperceptibles frémissements des nerfs.

C'était tout à coup dans la fraîcheur du bar comme la proposition d'une contagion qui donnait libre cours à un échange de petites angoisses tapies dans les mémoires corporelles et, peu à peu, libre cours à des images plus heureuses dans leur anticipation que les anciennes.

LE ROI DES ANIMAUX

Un éléphant s'était perdu entre les cloisons du temps. Depuis combien de jours, de semaines, d'années peut-être s'était-il mis en route, avait-il sans compter posé ses pieds ongulés, gros comme des piliers soutenant l'édifice de son corps rugueux, sur un sol pour lequel de plus en plus il n'était pas fait, dont il ne connaissait ni la végétation, ni les arbres ni le climat, encore moins les autres animaux ?

Il marchait. Il n'était pas conscient dans sa tête d'éléphant du contraste qu'il y avait entre son aspect massif et une sorte d'élégance dans le port de pied. Comme dans les histoires, peut-être eût-il été possible, si l'on avait collé une oreille au sol, d'entendre sa présence de plus en plus se rapprocher.

Vers la fin d'une matinée ensoleillée, il apparut dans toute sa magnificence, dans un paysage qu'il n'avait jamais vu de sa vie, et jamais non plus n'avait-on vu apparaître éléphant dans un tel paysage. Devant lui s'étalait une nature domestiquée avec, à ses pieds, un jardin potager composé de rangées régulières et patiemment entretenues de haricots verts et jaunes, d'oignons, de pois, de carottes, dont les plants étaient pour la plupart parvenus à maturité et dont on avait déjà cueilli les premiers fruits. Un peu plus à sa droite, une vaste plantation de fraisiers avait déjà donné de succulentes fraises puisque les feuilles avaient commencé à rougir. Il en restait bien quelques-unes, plus petites, dont la chair était plus foncée et translucide près de la queue et les grains d'une couleur plus jaune, ce qui signifiait qu'elles devaient être plus savoureuses encore que les autres, gorgées des bienfaits et des lenteurs du soleil. Trois constructions s'offraient à la vue, l'une blanche et assez imposante, une maison près d'une rangée de peupliers de Lombardie, l'autre, plus petite, une remise, à côté d'un pommier qui produisait sa ration de pommes d'été, et la troisième, un peu en retrait, une grange abandonnée. La terre était molle sous le pied. Un petit ruisseau séparait le terrain sur lequel il s'apprêtait à pénétrer. Du haut de son édifice, il apercevait, en vue panoramique, comme un rafraîchissement pour le regard, l'étendue des montagnes au loin. Ce n'était pas par une splendide après-midi de la fin de juillet que l'on aurait pu prédire quel temps il ferait si l'on voyait le soleil, comme on le disait souvent, se coucher sur la tête de l'éléphant. On affirmait qu'il ferait beau ou, au contraire, qu'il ferait mauvais. C'était devenu un proverbe ou une sorte de superstition. Mais l'éléphant, le vrai, se sentait trop à découvert et aurait voulu fuir dans la forêt d'une partie de la chaîne de montagnes qu'on appelait sur cette rive-ci les Appalaches. Un éléphant dans les Appalaches. La qualité de l'air était très différente de celle qu'il avait toujours respirée, non pas un climat très chaud et humide, presque suffocant, mais ici toujours rafraîchi par une brise venant du large qui faisait s'agiter légèrement, comme une pluie fraîche, les feuilles des longs peupliers de Lombardie. Il continua sa route. Il ne savait pas à quel point tout était inhabituel dans ce paysage fluvial. La nature semblait inerte ou plutôt ne vivre que pour elle-même et non pas, tel qu'on aurait pu penser qu'elle le faisait toujours, pour les êtres humains ou plus naturellement pour les animaux, l'eau très bleue et lisse dans sa masse châtoyante pour des yeux qui ne la regardaient pas, les arbres qui vivaient lentement et dont la sève irriguait les branches, le soleil qui tournait, les insectes se délectant du nectar des fleurs et leur bruit assourdissant dans l'oreille, la tige de la plante vacillait puis reprenait son état initial, le sentiment de cette terre, la vie lente et profonde de la terre.

Tout était déserté, la maison qu'il avait aperçue pas très loin semblait vide. Il continua sa route, lentement, comme il l'avait toujours fait.

Pas très loin, deux êtres humains, un homme et une jeune fille blonde, l'aperçurent ou plutôt ils eurent le sentiment vague d'être vus en train de l'apercevoir. Elle était plus jeune que lui. Chacun dans son univers propre, ils n'avaient jamais eu vraiment conscience, ni besoin d'ailleurs, l'un de l'autre, malgré une certaine proximité physique due principalement au hasard. Chacun avait vécu séparément, comme il se doit, sa partie de vie. Il n'avait pas l'impression de la connaître beaucoup. Ce n'était pas de lui dont elle était le plus près, s'amusant avec le frère de celui-ci de ces subtils jeux de mots qui, comme un code secret, les faisaient rire. Il n'en éprouvait peut-être pas la nécessité, pas plus qu'elle d'ailleurs, comme s'ils se connaissaient déjà, ensemble et séparés, regardant parallèlement dans la même direction. Cela s'était fait à leur insu, très lentement depuis quelques années. Une femme les avait vus un jour, curieusement réunis autour d'une petite flamme. Elle donna à penser que la flamme était petite mais entière, sans agitation d'aucune sorte, lente et régulière, forte, en un sens, de la régularité de sa petitesse.

Mais ici, en ce lieu, comme impression générale, disons spatiale, ils se sentaient petits, même à la distance assez appréciable d'où ils voyaient venir l'éléphant, la bête. Ils étaient certains que l'éléphant ne les avait pas encore repérés. Ils se trouvaient dehors près de la maison, à ne rien faire, à seulement être, exister. Ils avaient l'impression d'être en terre, à moitié immergés, faisant corps avec la terre, y habitant à moitié comme des animaux rongeurs et furtifs, construisant des galeries souterraines compliquées qu'on ne pourrait apercevoir qu'en coupe transversale dans un livre ou une émission de télévision savante. Ils étaient petits et l'éléphant, même à cette distance, était impressionnant par la masse qu'il profilait sur le ciel bleu, sur les arbres, qui écrasait tout. Sa peau qu'il avait, semble-t-il, épaisse, avait l'air plus tendre, moins plissée, moins rugueuse qu'une peau d'éléphant normale. Sa trompe était repliée et il ne portait pas de défenses.

L'homme et la jeune fille, naturellement, quittèrent le lieu en un éclair, allèrent se réfugier dans la grange abandonnée. Ils avaient peur. C'était à proprement parler un réflexe, presque une nervosité animale de ces bêtes qui, debout sur leurs pattes de derrière, dressant l'oreille, figées comme un « i », écoutent, retenant leur respiration, et rentrent dans leur terrier au moindre bruit. Un réflexe animal, une peur qui, au tout début, semblait être celle d'être piétinés, écrasés, détruits dans les barrissements épouvantables de l'animal comme dans les fables ou contes d'animaux de l'enfance. Une vie animale monstrueuse, implacable, détruisant deux vies humaines.

Ils entrèrent dans le bâtiment et se dirigèrent vers une porte, qui ouvrait elle-même sur un étroit couloir très sombre à l'intérieur duquel étaient disposés deux autres portes et un petit caveau. Ce dernier était demeuré mystérieux, d'autant plus, se rappela-t-il vaguement, qu'on en avait interdit l'accès. La porte de gauche donnait sur une petite remise qui avait déjà été une bergerie. Cette pièce était pleine d'odeurs, odeurs des instruments aratoires d'une certaine époque, depuis longtemps inutilisés, de gros barils remplis d'huile qu'il se plaisait à faire tourner avec un bout de bois, apercevant la palette des bleus et des verts, odeurs des boîtes de clous rouillés, des rangées de bardeaux de cèdre, celle de ce licou suspendu à son crochet, le cuir encore gras de l'encolure du cheval qui l'avait porté, odeurs de ciment, de légumes comme le chou, le navet, restées imprégnées on ne savait où, peut-être seulement dans la mémoire, bref, les fenêtres de cette pièce étaient si sales que le lieu était depuis très longtemps très sombre. L'architecture de ces pièces avait été choisie, aurait-on dit, pour ses qualités d'étrangeté, de noirceur relative, d'odeurs d'un passé lointain qui, par le nez, si on laissait le temps aux odeurs de fleurir, revenaient par pans, par bribes, troublants. À bien y penser, la pièce la plus inquiétante était celle de ce couloir d'accès, de ce corridor, pièce étroite et surélevée, comme un lieu de passage secret d'où l'on pouvait sortir dehors ou encore où l'on pouvait rentrer soit dans l'ancienne bergerie ou dans l'étable, basse de plafond, encombrée d'objets, dont le plancher était fait de planches plus ou moins disjointes. L'odeur y était différente de celle de la petite remise, humide, de terre mouillée, de ciment, forte, venant de quelque profondeur. En effet, au centre de cet étroit passage, et pas très loin de la porte par laquelle ils étaient entrés, une sorte de trou noir était devenu un mythe, une histoire pour effrayer les enfants, un endroit où personne n'était jamais allé, du moins pas depuis de nombreuses années. Une lampe de poche permettait de voir que la structure interne du plafond y était à moitié effondrée, que de la terre par mottes y était tombée. C'est là qu'on emmagasinait les légumes, l'hiver, avait-on dit. L'endroit avait été aménagé sous le pont qui conduisait à la grange, si bien que, quelques années plus tôt, on aurait pu y entendre les sabots de deux chevaux et le roulement d'une voiture.

C'est là qu'entrèrent l'homme et la jeune fille blonde. Ils ne se demandèrent pas où pouvait bien être l'éléphant qu'ils cherchaient désespérément à fuir. Ils n'entendirent pas de bruits. Il était peut-être encore loin. Peut-être ne les avait-il pas vus, mais une sorte de logique implacable les poussait. Ils ne se parlèrent pas l'un à l'autre. Ils n'étaient que là, réunis par une mystérieuse raison. C'était pire encore, plus effrayant, de ne rien entendre, comme si l'imminence du danger monstrueux n'en finissait pas de s'étirer. Pire que le bruit, le silence implosait.

Chacun, enfermé dans son monde, elle dans le sien, lui ailleurs, ils étaient là, réunis dans le destin de ces quelques instants, de ces images. Ils ne savaient pas pourquoi ils craignaient tant cet éléphant, lui, il l'aurait bien accepté pour lui-même, mais pour elle, avec elle? À force d'essayer de fuir, il en vint presque à croire que sa peur était automatique, qu'imperceptiblement elle acquérait un sens nouveau.

De son côté, l'éléphant ne s'était pas beaucoup rapproché. Il savait, à sa manière, que sa présence avait provoqué ce qu'il fallait qu'elle provoque. Le savait-il réellement ou n'était-il que le simple instrument d'un instinct millénaire qui le faisait toujours revenir à son lieu natal, à sa maison? Savait-il pourquoi il avait atterri, en un sens, dans un paysage fluvial, accidentel? Lui, l'animal le plus puissant, l'animal des rois, celui qui avait donné naissance à Bouddha, celui qui s'avançait et guidait à la croisée des trois mondes, symbole de sagesse et de force. Ne venait-il pas ici non pas pour détruire en de terribles et maléfiques barrissements de vengeance, mais pour être vu seulement peut-être par cet homme et cette jeune fille blonde, pour qu'ils l'aperçoivent de loin et s'enfuient comme de petits animaux qu'ils étaient maintenant, furtifs, clignant rapidement de leurs petits yeux noirs, de leur museau humide et poilu, de leurs petites pattes munies d'ongles pointus qui griffaient, fouillaient la terre, s'agrippaient, montant lentement comme des taupes malgré leurs pénibles efforts dans les couloirs souterrains de leur labyrinthe? Si on avait pu les examiner dans une coupe transversale, on aurait vu que l'alignement général des pièces avait changé, disposé maintenant non plus à l'horizontale et à la verticale, mais obliquement et orienté vers une inaccessible sortie, comme si la bâtisse s'était subitement enfoncée d'un côté dans la terre. Les petits animaux montaient, les pièces rapetissaient, l'air se raréfiait, ils prenaient obligatoirement appui en des poses abracadabrantes, s'obligeant à des concentrations différentes pour ne pas oublier chacun des membres qui composaient un équilibre précaire, continuant, pas à pas, vers le haut, en une éternelle ascension. Comme si le lieu à l'intérieur duquel ils cherchaient à pénétrer n'était pas fait pour eux, pas plus que pour l'éléphant d'ailleurs. Eût-il été préférable de rester à l'air libre et d'affronter directement l'éléphant ? Nul n'aurait su le dire.

Il fallait qu'ils en soient à ce moment-là de leur ascension, aveugles d'une certaine façon et sourds à tout ce qui ne concernait pas leur drame.

Tout s'était interrompu brutalement, en apparence, mais la mémoire pourrait ramener sans cesse l'entrée presque surréaliste de l'éléphant dans ce modeste paysage et la fuite éperdue des deux protagonistes. Toujours l'éléphant reviendrait et eux le fuiraient. L'éléphant n'était peut-être pas venu pour les détruire, lui et la jeune fille blonde, mais pour les chercher, les emporter avec lui. Si le motif rendait la peur différente, elle n'en était pas moins tout aussi imposante, malgré le fait qu'en une seconde l'éléphant pourrait être une protection, un guide vers cette insondable destination, comme une clef. La peur devenait alors une angoisse, un arrachement, presque aussi lourd que la masse de l'éléphant, à eux, à leur vie, à leur passé.

Pour le moment, il n'y avait pas de fin, comme on dit d'ailleurs qu'il n'y en a jamais. L'histoire ne se terminerait que plus tard, qu'en partie seulement. Elle n'indiquait sans doute qu'un commencement, qu'une possibilité. Il fallait d'abord peut-être seulement la vivre en pensée, l'imaginer, l'interpréter parce qu'elle n'existait que de cette façon pour le moment, l'interpréter pour qu'elle ait la possibilité de s'incarner, de se vivre et de se terminer.

MUSIQUE DE CHAMBRE

à Sylvie Gendron

Il était dans le noir ou presque. Il venait de se coucher pour la nuit. Il trouvait ce matelas de mousse confortable juste assez pour épouser les angles de ce grand corps dégingandé. Il avait tiré les couvertures jusqu'à son cou pour en ressentir la pesanteur comme dans son enfance. Il était bien. Il se laissait faire, il s'abandonnait. Il se couchait très tôt, travail oblige. Dans cette petite chambre, il allait bientôt devenir un pur esprit qui vagabonderait où bon lui semblerait, au-dessus des choses et des lieux, de ce lieu qui était nouveau pour lui. Il le voyait comme s'il l'eût survolé dans la fraîcheur de la matinée, cet édifice sur la hauteur de quatre étages, chacun composé de deux séries de petites chambres, minces cellules, toutes pareilles, peintes vert menthe, avec leur lit dont le caisson était en mélamine blanche, leur bibliothèque-bureau-chaise en bois de chêne verni, leur lavabo et leur pharmacie qui donnaient exactement, dos à dos, sur le lavabo et la pharmacie du voisin. Il n'entendait que trop les bruits de celle du voisin tôt le matin, peu subtilement refermée. Chaque chambre avait son store vénitien qui, le soir, devait réfléchir sur un des murs de béton sa propre image.

Un soir, il ne sut plus où il était, sans dormir, il entrait dans un état de somnolence bienfaisant. Graduellement, il entendit, comme entre deux eaux, une musique sourde d'en bas. C'était un air que sa conscience ne reconnut pas tout de suite, un murmure étouffé, mais son attention était maintenue par une familiarité lointaine, assez en tout cas pour que tout cela se fraie un chemin dans son esprit et ramène des impressions, des sensations qu'il avait déjà connues, très physiques et spatiales, au point que son esprit lui fit presque confondre des époques différentes, celle qu'il avait vécue dans son adolescence et celle qu'il revivait ici dans cette résidence pour étudiants. Il eut l'impression, sans s'y abandonner complètement, de peur de revenir dans le temps, d'être dans la chambre qu'il avait occupée, il y avait de cela une vingtaine d'années. Il ressentit vivement ce qu'il avait été à l'époque, son sentiment de lui-même, et ce sentiment ne lui plut pas vraiment. C'était en quelque sorte exceptionnel d'entendre des chansons en français ici et surtout exactement celles qu'il aimait et jusque dans le choix des chanteuses et des chanteurs. Tout cela fit qu'il se réveilla tout à fait.

Il se plut à cette rêverie, il laissa l'impression confuse s'attarder en lui quelques jours encore, y germer ; ce n'était pas désagréable de rêver. Il n'essaya surtout pas de prendre des renseignements ou de descendre à l'étage inférieur pour faire la connaissance de cette personne. Il sentait que cela aurait brisé quelque chose. Il ne se rendit pas compte tout de suite

104

non plus que la personne qui écoutait les mêmes
chansons que lui ne le faisait pas nécessairement de la
même façon, c'est-à-dire en passant d'une plage d'un
disque à l'autre, mais qu'elle les avait choisies selon
la même inspiration, au gré de l'humeur, de la fantaisie,
selon une sorte de logique affective, à un âge où l'on
aime tant les choses tristes, très dramatiques. À bien
écouter, il lui semblait plus juste de croire que toutes
ces chansons avaient déjà été enregistrées sur cassette,
avaient été choisies par quelqu'un d'autre que celui
ou celle qui les écoutait. L'un, se dit-il, était donc du
même âge que lui, l'autre beaucoup plus jeune. Ces
chansons, tant dans le choix de chacune d'entre elles
que dans leur agencement, rappelaient souvent ses
goûts à lui, les mêmes coups de cœur, la même légèreté
populaire, les mêmes exaltations mélancoliques : *Les
Fleurs de papier, C'est notre fête aujourd'hui,* de
Renée Claude, des chansons nostalgiques de Charles
Aznavour comme *La Bohème, Que c'est tristeVenise,*
ou une autre plus populaire de Dalida qui ramena de
belles après-midi à la campagne, au bord du fleuve,
Ton cahier de chansons, de Michel Page, *Les Yeux
d'un ange,* de Frank Fernandel, *Cent mille chansons,*
de Frida Boccara, *Les Enfants de l'avenir,* d'Isabelle
Pierre, et combien d'autres. D'ailleurs, c'est la musique,
à son arrivée, qui le réconcilia quelque peu avec
l'idée d'habiter une résidence pour étudiants lorsqu'il
entendit, autour de lui, le concert des musiques
différentes qui rivalisaient d'audaces sonores tant par
le volume que par la répétition du même air, mais en
anglais, très rarement en français. Cela le fit sourire
d'attendrissement. Il éprouva plus de sympathie pour

ces étudiants qui lui faisaient un peu peur. Après tout, il avait été comme eux, remettant la même chanson, imposant son choix, augmentant le son à mesure qu'il était excité, emporté, l'écoutant enfin à plein volume pour faire apprécier une théâtralité de la finale dans une exaltation folle, une sorte d'extase très physique. Il avait bien ressenti lui aussi une volupté à se vouloir unique en son genre, tout en réclamant sans le dire une reconnaissance.

Le soir, quelquefois, souvent lorsqu'il était sur le point de s'endormir, la petite musique reprenait. Au début, il n'y avait que la fin des phrases qui rappelait vaguement quelque chose puis peu à peu, à force de concentration, il devinait le reste, la chanson revenait dans sa tête.

Un soir, en regardant sous le lavabo d'où surgissait le murmure, il se plut à imaginer la personne qui écoutait la même musique que lui. Il crut voir une jeune fille. Il était resté avec l'idée, peut-être fausse, qu'il y avait pour chacun des deux sexes un type de musique différent, enfin de manière générale, la musique américaine pour les garçons, la musique française pour les filles. Il imagina donc une jeune fille assise dans la chambre du dessous, habillée de noir, manches longues et ajustées, grands bras, très existentielle dans l'allure générale, la peau blanche, indépendante, presque sauvage, extrêmement fière et désespérée, se tenant bien droite, avec un beau port de tête. Peut-être fumerait-elle une cigarette. Elle n'était pas triste le soir mais légèrement angoissée par tempérament, mélancolique, facilement agacée, impatiente comme un cheval de race, un tantinet susceptible. Elle méprisait souverainement tous ceux qui faisaient comme tout le monde, satisfaits de leur petite vie. Le soir, sa chambre prenait un aspect presque halluciné, ces quelques livres qu'elle avait dans sa bibliothèque lui faisaient vivre, loin de ces lieux, pendant plusieurs heures, comme une drogue, des rêves éveillés; tout lui parlait, les photographies piquées sur le mur, ses rêves imprécis de quelque chose de difficile, son insatisfaction chronique qui se confondait parfois avec le mépris, son exaspération folle, ses jugements souvent trop sévères, son mutisme un peu buté, obstiné, le sentiment d'être en prison sans les barreaux, enfermée mais incapable encore d'être ailleurs, de faire mieux, sa capacité de vivre si intensément pour elle seule, qui l'aurait cru? comme un soulagement, le drame de ses petites chansons qu'elle aimait tant. Cette jeune fille représentait une attitude, il l'apercevait de profil. Il la voyait, assise comme toujours sur le bord de sa chaise comme si elle se tenait prête à partir, ses longs bras noirs, ses coudes appuyés sur le bureau, ses mains tenant avec élégance sa tête ou une cigarette, et le regard angoissé qu'elle portait sur toutes choses, étant seule en ce lieu, vraiment elle-même, exprimant toutes les variations des pensées d'une jeune adolescente.

Plus tard, il se demanda pourquoi il se représentait une jeune fille, surtout lorsqu'il apprit que ce côté de la résidence était réservé aux garçons. Peut-être avait-il peur de voir dans un adolescent ce double de lui-même qu'il aurait fallu voir, qu'il croyait avoir une fois pour toutes oublié ou plutôt avec lequel il croyait s'être très récemment réconcilié, trop vite peut-être ou trop superficiellement, comme si cela avait pu lui permettre de mieux composer avec un métier où, chaque jour, il devait affronter une classe d'adolescents de dix-sept et dix-huit ans.

Un matin, très tôt, en contemplant un superbe lever de soleil, il avait bien senti à quel point il n'était plus celui qu'il avait été et il en était heureux mais, en même temps, cette assurance lui avait permis de revivre des ambiances, des sensations, des sentiments, des états qu'il aurait eu le goût de se rappeler si cela ne lui avait pas fait si peur, ne l'avait pas rendu si mélancolique. Sans doute se sentait-il encore trop près de cette période sombre où il commençait à apercevoir des éclaircies, de la beauté, une période unique de sa vie, de la vie de ses étudiants à qui il enseignait. Se pouvait-il qu'il ait occulté une partie de sa vie, qu'une sorte de division se soit opérée en lui entre l'adolescent tourmenté et attardé qu'il avait été et le jeune professeur de littérature assez strict et sûr de lui qu'il croyait donner l'impression d'être? Se pouvait-il que son imagination, que le lieu dans lequel il vivait maintenant, aient, entre temps, exercé une pression sur lui, lui faisant inventer l'image d'une jeune fille qui écoutait la même musique que lui, au point qu'il en vienne lui-même à croire à son propre personnage? En un sens oui. Il s'en était aperçu un jour, c'était presque physique, spatial même, cette division, cette reprise du souffle, cet apprivoisement qui avait pris son temps, entre le lieu où il était né et celui où il avait terminé ses études collégiales, dans cet espace de transition que lui rappelait cette autre résidence pour étudiants, ce lieu de passage où il

pourrait revenir, se promener. Mais pas encore, se dit-il
à ce moment-là, trop heureux peut-être de constater
qu'il était trop tôt dans sa vie et trop tard à la fin de
cette journée, vers les onze heures, trop tard pour
avoir l'énergie de commencer le raccord, la répa-
ration entre ces deux bouts de vie. Pourtant l'idée était
là, la circulation se préparait, la jonction se referait
bien un jour, il le savait.

LE CHINOIS

à Lei Qiang

Il ne savait rien de lui, ce n'était pas nécessaire, sauf qu'il se trouva là par cette belle après-midi d'automne, au coin d'une rue, devant la vitrine d'un magasin de souliers dont l'atmosphère générale lui rappelait vaguement une scène du film *Lumières sur la ville* de Charlie Chaplin. Une sorte de débordement d'émotion l'attendait toujours au détour de cette scène, lorsque la jeune et belle marchande de fleurs reconnaissait dans le clochard à qui elle offrait une pièce de monnaie celui qui l'avait sauvée, la main qui l'avait secourue, celui qui l'avait sauvée de l'aveuglement.

Une belle après-midi d'automne, où il éprouvait un trop rare sentiment de liberté d'esprit. Ce sentiment n'était pas étranger au fait qu'il se proposait d'aller, entre autres endroits, dans le quartier chinois de la ville acheter du thé au jasmin et échanger cette paire de souliers chinois qu'il avait offerts à un ami. Lui-même en portait parce qu'ils ne faisaient pas de bruit, la semelle étant tissée de coton blanc. Il avait l'impression qu'il avait le pied léger. Cette impression émanait sans doute de la visite d'un autre quartier chinois, celui de New York, et de ce qui l'avait d'abord frappé et séduit, après la chaleur infernale et l'anonymat mécaniste du centre-ville ; ce furent les pas et les pieds des Chinois, ce silence des pieds qui constituait comme un baume pour les nerfs survoltés, cette façon si particulière de poser le pied sur le sol. Il eut l'impression d'entrer dans un autre monde, plus civilisé, où l'on sentait une sorte de respect millénaire, la légèreté du pied allant avec le sérieux et le mystère du regard. Il était séduit. Les souliers qu'il avait achetés pour cet ami étaient trop petits pour ses pieds, qu'il avait moyennement grands. Il s'était trompé et avait, comme d'habitude, mal lu les équivalences entre les mesures françaises et les mesures anglaises.

Il avait fait quelques achats dans un grand magasin, respiré une nouvelle eau de Cologne pour hommes de Guerlain, appelée Héritage, et une charmante femme lui en avait offert un échantillon. Elle lui parla d'un parfum que Guerlain avait créé pour la femme de ses rêves. Le flacon et les couleurs contrastées de l'étalage ainsi que le visage de la vendeuse, la couleur de ses cheveux et son habillement, mettaient harmonieusement en relief l'odeur de ce suave parfum. Elle lui en vaporisa un jet sur un petit carton. Ce parfum se nommait Samsara.

À la sortie du magasin, dans la rue, un son très vif de clochettes semblait attirer l'attention des passants, créant une fébrilité dans l'air, une petite vague. Ces mesures accompagnaient le chœur de voix d'hommes qui, régulièrement, scandaient des paroles dans une langue étrangère. Entre les passants, il distingua de dos un groupe de disciples de Krishna, habillés, comme il les avait vus à Paris, d'une longue lisière de tissu safran. À l'époque des hippies, ces jeunes gens s'inséraient bien dans le décor puis la mode était passée, puisqu'elle n'était qu'une mode, et maintenant ce n'était pas sans une certaine nostalgie peut-être que certains les observaient. Il y avait de cela dans le sourire des passants, une sorte de timidité également devant les choses étrangères, presque religieuses, beaucoup de tolérance ou d'indifférence devant le spectacle que ces jeunes gens offraient à tous. Il se rapprocha lentement d'eux et constata que, pour la plupart, c'étaient de jeunes gens. Leur costume, leur crâne rasé, leur façon de marcher légèrement tout en esquissant une sorte de pas de danse les rendaient tous indifférenciés. Il se plaisait à les regarder et interrogeait du regard ces pieds habillés d'une simple sandale, ce pantalon très ordinaire, ce t-shirt qu'ils portaient en dessous et surtout leur visage, leur expression. Il ne voulut pas accélérer le pas comme plusieurs le faisaient, pour dépasser le groupe, s'impatientant parfois puisque l'un d'entre eux distribuait un feuillet accompagné d'un biscuit maison. Il voulait se mêler à la foule, marcher lentement, accompagnant la procession pour mieux observer ces visages, les suivre, faire comme s'il était d'une certaine façon l'un d'eux, se perdre. Ces visages l'attiraient, cette pauvreté, cette humilité des visages parfois qu'il parvenait à apercevoir, une sorte de clarté simple. Il les scrutait, cherchant des signes de cette volonté qu'ils avaient eue soudain de tout quitter, de risquer leur vie, d'ignorer le ridicule et l'incompréhension qu'ils lisaient dans le regard des passants, d'accepter la pauvreté, d'être un simple individu, être humain noyé dans la foule de ses semblables, sans être pourtant anonyme. Il les enviait d'avoir eu ce courage, de croire à quelque chose, d'avoir franchi le cap qui les isolerait des passants, qui les isolait de lui. Il cherchait le signe tangible de cette transition, une contagion, comme si elle avait pu être communicative, le secret du passage. Il cherchait la solution comme si elle eût pu être visible, se proposer comme un modèle, répondre à son angoisse personnelle. Il avait l'impression, depuis quelques mois, de se tenir sur le bord de quelque chose, ce dont tout naturellement il s'était rapproché, cette matière qui avait toujours été la sienne, qui n'avait été que rebrassée, dont les proportions se présentaient différemment, prêtes à être transformées. Une sorte de choix, de réponse, de décision devait être prise. Une angoisse terrible le harcelait, et constamment il avait peur de rater sa vie. C'était ancré, cette conviction que l'on ratait sa vie si l'on passait à côté de l'appel qui était le nôtre. Mais il était loin de ces pensées aujourd'hui qu'il avait terminé une semaine d'enseignement et de corrections. Il parvenait à se maintenir à flot, la tête hors de l'eau, sentait-il, mais il savait que cela reviendrait, que l'angoisse remonterait à la surface à la première occasion. Il ne pouvait en être autrement. Marchant toujours derrière les disciples de Krishna, il regretta vaguement que le jeune homme ne lui offrît un feuillet et un biscuit maison, puis, bientôt, ils prirent une autre direction.

Il continua dans la même rue et parvint à un autre attroupement. Contrairement à ce qu'ils avaient fait devant les Krishnas, les passants s'étaient arrêtés et formaient un demi-cercle autour d'un musicien chinois. Il s'y arrêta, fasciné par la musique très exotique et étrange qui sortait d'un instrument qu'il voyait pour la première fois. Le Chinois était modestement assis sur un petit banc pliant et semblait absorbé par sa musique. Il était assez jeune, pourtant on pouvait difficilement donner un âge à ce beau visage sensible, tourné vers l'intérieur, quelques rides d'expression à son front, les yeux bridés et modulant par le regard la complainte qui sortait de la toute petite caisse de résonance de son instrument. Il ne donnait pas un spectacle. Sans emphase aucune, il remerciait discrètement, avec toute la politesse du monde asiatique, sans jamais se préoccuper du montant offert, ceux et celles qui jetaient quelques pièces de monnaie dans l'étui ouvert de son instrument. Il avait l'air d'un étudiant d'université, inscrit à la maîtrise ou au doctorat, habillé très simplement, presque pauvre, avec sa chemise beige, son pantalon gris et ses sandales.

Il ne vit pas tout de suite l'instrument lorsqu'il s'approcha du demi-cercle que formaient les passants devant cette vitrine de souliers à la mode du jour. Le son rappelait bien quelques airs chinois ou japonais qu'il avait écoutés sur disque, mais ici ce son aigu et pointu ne ressemblait à rien du peu qu'il connaissait. Cela rappelait le son de la voix humaine, une voix de femme sans âge qui semblait raconter en phrases simples une histoire mélancolique, non pas triste puisque la suggestion de la mélodie montrait un équilibre, donnait l'impression que bien des choses avaient été comprises et acceptées. Ce n'était pas une lourdeur mais une plénitude qui contemplait un paysage au soleil couchant. C'était comme la proposition d'une façon d'être, d'une lenteur patiente et obstinée, d'une sagesse terrienne qui se vivait et qui n'était pas terminée, qui psalmodiait sa prière, engendrant son propre mode, la manière qui avait été la sienne et qu'elle avait mise au point.

Par contraste, il sentit à quel point il était loin de cette atmosphère qui pourtant l'attirait, lui parlait en ce moment. Il n'avait qu'à se laisser faire. La musique faisait sourdre en lui cette angoisse d'être à la croisée des chemins, d'être à la frontière, et le nœud se noua. L'angoisse était là. Elle était là pour le protéger, pour masquer mais en même temps pour rappeler son origine, cet appel, cette obligation. Plus il réfléchissait à son angoisse, plus elle lui apparaissait comme une sorte de chantage qu'il se fabriquait, une angoisse de surface, se disait-il de plus en plus. Il était commode sans doute d'envier ce jeune Chinois et de le voir comme le dépositaire de celui qui savait, de celui qui faisait rapidement envie, avec ce sentiment qu'il lisait sur son visage, cette fibre musicale qui semblait liée à sa chair, qui s'étirait le long de ses cuisses, de ses bras, le long de ses paupières bridées, d'être ébloui par cette concentration, ce regard profond et calme, cette vie de la musique en lui, de l'envier d'être là près de cette vitrine ou dans le métro à jouer pour les passants. Mais que savait-il de lui, réellement? Rien. Plus il réfléchissait, plus il croyait que c'en était assez de cette position, de ce tiraillement de l'esprit, de cette stérilité, de cette opposition trop tranchée. Il ne pourrait pas abandonner son métier de professeur pour avoir plus de temps à lui, surtout qu'il en était à ses débuts. Il ne pourrait pas demander à quelqu'un de l'aider financièrement et il n'aurait pas le courage de demander de l'aide sociale ou de vivre de bourses du gouvernement. Le tiraillement ne disparaîtrait pas et était lié au sort de celui qui désirait écrire. L'angoisse le tiraillait, l'empêchait d'être complètement lui-même, cette peur de rater sa vie, de passer à côté de ce qu'il voulait faire, peur que cela s'éteigne, qu'il perde la ferveur, le talent en friche, en jachère, laissé temporairement à l'abandon, pendant que le professeur vivait, se développait, lui, de son côté, lui prenait tout son temps et plus à l'extérieur pendant que l'autre, il ne savait comment l'appeler encore, piaffait à l'intérieur. Il n'aimait pas trop qu'on lui souhaite la paix comme bon vœu pour la nouvelle année. La santé, oui, il en avait bien besoin. Secrètement, il savait qu'il avait besoin de cette ambiguïté, de cet inconfort; il n'était pas mauvais en lui-même, il le croyait de plus en plus, mais c'était la manière de l'utiliser, de le voir. Peu à peu, un changement de perception s'insinua en lui, une sorte de confiance s'imposait d'elle-même la nuit lorsqu'il se réveillait, angoissé par la même question. Quelque chose lui commandait d'être confiant, de se sourire, il se forçait dans son demi-sommeil à esquisser un sourire et cela agissait. Il se rendormit.

Par hasard, il rencontra le Chinois une deuxième fois, mais dans le métro, cette fois-là. Il en fut très heureux. Il se risqua à lui parler et lui demanda le nom de l'instrument. C'était un instrument ancien appelé Erhu. Il le lui écrivit sur un bout de papier. Il n'était pas étudiant tel qu'il l'avait imaginé. Il ne parlait pas français, mais il aimait beaucoup entendre parler la langue, disait-il. Il était très affable, aimable, et l'on se sentait bien en sa compagnie. Il lui donna même son numéro de téléphone et lui dit que l'amie où il habitait parlait bien le français. Ils se quittèrent sur ces paroles. Il était euphorique, interprétant ce hasard comme un signe du destin. Il se promit bien de lui téléphoner et de l'inviter à une soirée. Il pourrait lui poser quelques questions et sans doute celles de son angoisse personnelle. Il attendait une révélation.

Quelques semaines passèrent et il se demandait de plus en plus ce qu'il aurait appris qu'il ne savait déjà. Que le Chinois venait d'arriver au Canada, qu'il vivait de l'aide sociale, qu'il ne trouvait pas de travail, qu'il était musicien, qu'il avait étudié la musique puisqu'il semblait parfaitement maîtriser cet instrument ancien et que, temporairement ou n'ayant pas le choix, il était musicien de la rue, que dans son pays, il occupait peut-être un emploi intéressant en relation avec la musique ou qu'il faisait partie d'un groupe de musique ancienne ? Un de ses amis prétendait que certains musiciens de la rue arrivaient à vivre, certains même confortablement, mais il ne savait pas pendant combien de temps. Ces suppositions n'étaient pas tout à fait celles qu'il aurait souhaitées. Il en fut déçu, non parce qu'il méprisait les musiciens de la rue mais parce que la misère, il l'avait connue, frôlée de très près, et il se trouva heureux d'avoir un travail dans un domaine qu'il aimait beaucoup. De supposer une réalité aussi difficile pour l'autre le réconcilia avec lui-même, le ramena au tiraillement initial, à la case départ.

Il fut heureux de tout cela, si le mot pouvait convenir, parce que la réponse, elle était dans l'accep-
tation du tiraillement, dans la manière d'en tirer profit,
qu'à tout prendre, il préférait les inconvénients de sa
situation à ceux supposés du Chinois, que la réponse
varierait, qu'elle serait le résultat d'un parcours,
qu'elle ne pourrait être lue et sue qu'à la fin, qu'une
fois le trajet terminé. Il n'y avait pas de réponse toute
faite, il fallait la créer de toutes pièces, la vivre,
l'imaginer.

CHANSONS DE GESTE

Qui aurait-il le goût de faire inviter à son repas de fête ? C'est la question qui lui avait été posée. Elle avait d'abord paru banale dans sa gentillesse ; elle avait été posée presque distraitement alors qu'on s'apprêtait à sortir pour la promenade quotidienne, accélérant le rythme puisqu'il fallait revenir pour préparer le repas du midi, avoir le temps de relaxer quelque peu avant de se mettre au boulot.

Cette question fut d'abord accueillie par une sorte de petite joie d'avoir pour la première fois, à ce qu'il se rappela, la possibilité de choisir qui serait invité et qui ne le serait pas, puisqu'il fêtait habituellement son anniversaire de naissance dans l'intimité. Il éprouva le sentiment d'une sorte de reconnaissance générale comme si ce qui comptait, c'était ce qu'il était fondamentalement, profondément. La question ne faisait en somme que ramener le centre de gravité vers lui-même, vers ce qu'il était, vers ce qu'il avait été. Cela lui fit drôle pendant un instant et il était bien conscient que cette convergence n'était pas le fruit d'un calcul mais la suite d'un comportement habituel dans la relation d'amour qui l'unissait à celle avec qui il vivait depuis déjà une dizaine d'années. Cela allait de soi.

Pourtant la réponse ne vint pas tout de suite. Une sorte de silence frontalier se présenta qui l'embarrassa de plus en plus. Qui avait-il le goût véritablement de voir, comme la question de savoir ce qu'il aurait le goût de manger, question qu'il ne se posait jamais. Mais sans qu'il se le dise, de nouveaux critères s'étaient lentement mis en place depuis quelques années.

Ses vieux amis ? Oui et non, devait-il répondre sincèrement. En tout cas, pas seulement les vieux amis, parmi lesquels il se sentirait sans doute prisonnier du passé, et en particulier avec l'un d'entre eux, dont il connaissait par cœur les répliques, les expressions, les tics et les manies, encore qu'il était assez certain maintenant que son vieil ami hésiterait à le mettre en boîte devant témoins, le soir de sa fête, comme il s'était plu à le faire tant de fois, en d'autres occasions, de par le passé, poussant son talent jusqu'à en faire quasiment une spécialité, un trait de caractère qui lui avait collé à la peau, trait perfide qu'on admirait presque dans le cercle étroit de ses amis.

Était-il encore vraiment un ami ? L'avait-il jamais été ? Était-ce le nombre des années qui maintenait artificiellement l'édifice ? Était-ce de l'aberration, de l'acharnement, du masochisme, du laisser-faire ? Peut-être même, de son côté, s'était-il déjà posé la question ? Une nouvelle amie, récemment, ne comprenait pas que son vieil ami se soit livré à des confidences sur un événement très intime de leur vie privée, qu'il ait mis ses talents de conteur au service d'un film vidéo, qu'il ait dévoilé cette complicité qu'ils avaient eue ensemble lors de leurs études collégiales. Elle fut plus surprise encore lorsqu'il lui apprit que son ami avait déformé la réalité. La vérité, elle, n'était qu'à moitié dite. Il se donnait le beau rôle, celui de la victime torturée psychologiquement par son hypocrite ami avec qui il partageait un appartement, au sujet d'une liaison amoureuse dans laquelle il ne s'était pas gêné pour s'immiscer, par jalousie de l'un ou de l'autre, s'étant autorisé de bien des permissions comme si ce qui était à l'un était au service de l'autre, de privautés même presque sous le regard de l'autre. Ce n'était pourtant pas un coup de théâtre, le film ne faisait que mettre en sons et en images un aspect de la relation d'amitié qui les unissait depuis tant d'années, l'image fausse qu'il avait fabriquée de lui et qu'il avait distillée au fil des ans au petit cercle de ses amis. Il aurait toujours l'impression d'avoir été sali auprès de ces personnes qu'il connaissait peu. Était-il un ami, celui qui, à la moindre occasion, était prêt à sacrifier l'authenticité de ce qui l'avait lié à l'autre, pour se mettre en valeur dans une conversation, une soirée mondaine ou, pire, dans un film vidéo ? Pouvait-il encore lui accorder sa confiance ?

Il resta bouche bée lorsque celui-ci lui apprit, après le tournage du film, puisque de toute façon il l'apprendrait par la bouche d'autrui, qu'il avait raconté cette histoire très intime, que personne ne serait reconnu puisque seulement les prénoms étaient authentiques, que cette histoire, si près qu'elle se tiendrait de la réalité, pouvait, à la limite, disait-il comme pour parer le coup, devenir une sorte de fiction dans le traitement qu'on lui ferait subir.

Pourtant cela ne l'empêcha pas de demander qu'il soit invité mais il ne put se libérer, ce soir-là. Il finit, à rebours, par se dire que son souvenir de la soirée n'en avait été que bonifié, qu'il avait pu se livrer plus harmonieusement à la rêverie musicale qui avait été la sienne, qu'elle avait été entière, non entravée par certains souvenirs de remarques désobligeantes, de dénigrements de ses goûts musicaux puisque cette époque, en partie du moins, était liée à la présence de cet ami.

Il hésita également, pour une raison qui n'entachait pas l'essentiel de leur amitié, à faire inviter un deuxième ami puisque celui-ci avait rencontré auparavant, dans de drôles de circonstances, un des invités de la soirée et qu'il serait délicat de les mettre en présence l'un de l'autre. Il craignait également qu'il ne s'entende pas nécessairement bien avec plusieurs des autres invités qu'il ne connaissait pas, qu'il se maintienne peut-être dans une sorte de retrait ; que des gens, donc, ne soient pas à leur aise. Il n'était pas certain que son ami entrât dans cette légèreté d'esprit qu'il avait développée depuis quelques années. Il le croyait sans en être certain puisque souvent celui-ci l'avait fait mentir à ce sujet et de belle façon, avec son humour vif et finement ironique. Il ne l'invita donc pas mais ce fut tout de même celui, parmi ses vieux amis, qu'il aurait aimé le plus avoir près de lui. Il lui avait déjà dit que pour l'un, c'était l'ami du passé ; pour l'autre, l'ami de l'avenir, malgré que la surprise de la soirée concernait davantage l'ami du passé. Peut-être une sorte de logique s'était-elle tramée à l'insu de tous et avait-elle fait en sorte de laisser la voie la plus libre possible à celui dont c'était l'anniversaire. C'est ce qu'il fit, sans pousser les si et les peut-être jusqu'à leur bout.

Un troisième ami fut considéré avec lequel il avait partagé un appartement pendant une couple d'années, mais lorsqu'il lui téléphona un soir, très spontanément, ce dernier proposa de le rappeler le lendemain puisqu'il recevait une invitée spéciale. Il ne comprit pas pourquoi celui-ci ne lui retéléphona pas ; peut-être se vengeait-il du refus qu'il avait essuyé à l'invitation qu'il lui avait faite un samedi matin, pour un souper le soir même. En tout cas, il ne savait quoi penser et ne pouvait, dans ce contexte, lancer une invitation. Il s'en abstint et en fut contraint puisque cet ami qu'il aimait beaucoup, relativement à l'extérieur de son cercle habituel d'amis, était très liant et à l'aise, personne presque idéale pour un souper de fête.

Celles qu'il aurait eu envie d'inviter et d'agencer avec de vieux amis étaient les amies nouvelles qu'il s'était faites depuis deux ou trois années. Il imagina au début la table constituée de ces anciens et de ces nouvelles et trouvait l'agencement très intéressant, stimulant. Le passé et l'avenir. En théorie, mais en pratique, cela n'était pas possible. Celle qui était photographe était partie depuis quelques mois au Brésil et ne reviendrait pas avant longtemps. Il ne pourrait réunir à la même table ni sa collègue de travail, ni une sculpteure qu'il avait rencontrée, ni cette jeune publicitaire qui travaillait pour une maison d'édition. Malgré tout, il s'enchantait de les avoir connues parce qu'elles le délivraient du passé, des images figées, des jalousies et des exigences, des rancunes, des habitudes et des manies. Elles étaient le reflet de la personne en marche, de ce qu'il devenait.

Mais elles ne le connaissaient pas encore assez, pas vraiment. La période d'essai n'était pas terminée et elles se seraient bien vite rendu compte de ce qu'il craignait de leur dire. Et il ne voulait pas que cela se passe de cette façon-là. Il regretta sa collègue de travail, pour laquelle il nourrissait une affection particulière, mais il s'y résigna.

L'invitation dut donc restreindre ses visées à des membres de sa famille, dont une de ses sœurs, et à son amie qui organisait elle-même le souper de fête. Ce fut tout des gens qui étaient près de lui, deux personnes en réalité. Il ne s'en attrista pas outre mesure. Puis furent invités le frère de son amie accompagnée de sa femme et de leurs deux adorables enfants ainsi qu'un autre de ses frères, nouvellement célibataire. En tout, une huitaine de personnes.

Son amie concocta un fin repas végétarien comme elle savait les faire, meilleurs qu'au restaurant, apprêtés avec originalité et assaisonnés avec goût. Les invités arrivèrent à tour de rôle. Il fut content qu'une de ses sœurs se soit dérangée pour lui. Il remarqua plus tard qu'elle avait parlé assez longuement avec le frère célibataire de son amie qu'elle connaissait peu et nota qu'elle avait beaucoup changé depuis quelques années, plus extravertie ou faisant des efforts pour lier conversation tel que cela se présentait, ne cherchant pas à tout prix à être avec l'un ou l'autre. Comme cela arrivait, comme il l'aurait fait lui-même, au gré du hasard auquel il croyait de plus en plus, au gré des malaises, des affinités, des apprivoisements que chacun cherchait à créer à travers le va-et-vient de l'apéritif. Ce moment où tous circu-

laient de la cuisine au solarium en passant par la salle
à manger fut agréable et troublant tout à la fois.

Puis l'on se mit à table. Il se plaça à l'une des deux
extrémités, d'autant plus loin, peut-être, que la table
avait été ouverte pour accueillir ces huit personnes. Il
se sentait donc très à l'aise, en un sens, assez loin
pour n'être pas obligé de soutenir la conversation,
assez près en même temps pour participer à l'ensemble
du repas. Il se sentait donc un peu en retrait, en
position de distance. L'on mangea et l'on but abon-
damment. Quelques cadeaux furent offerts. Le frère
nouvellement célibataire lui offrit un coffret « Sélection
du Reader's Digest, programmé pour votre bon
plaisir », qui contenait sept trente-trois tours de
chansons françaises, qu'il avait acheté pour une
bouchée de pain dans un marché aux puces. Il fut
amusé et tout à la fois perplexe de recevoir un cadeau
de ce genre ; pas très chaud, en réalité, à l'idée. Il
avait toujours peur de sa réaction lorsqu'il recevait un
cadeau en public. Le frère de son amie avait visé juste
et beaucoup plus qu'il ne l'aurait cru. Lorsqu'il ouvrit
le coffret et lut les titres annoncés sur une des faces,
toute une partie de son adolescence vécue à la campagne, au bord du fleuve, ses études classiques et
collégiales, ses amis, toute cette vie repassa par
moments fugitifs, enfermés encore dans ces titres :
« Ma solitude » de Georges Moustaki, ce premier
microsillon qu'il s'était acheté, « D'aventure en
aventure » de Serge Lama, « Pierre », « Le mal de
vivre » de Barbara, la chanteuse de qui il était éperdument épris depuis tant d'années, jusqu'à l'hystérie,
« Dis, quand reviendras-tu » de Barbara, chantée par

Eva, «Les yeux d'un ange» de Frank Fernandel, qu'il
avait achetée en quarante-cinq tours avec, à l'endos,
«Bonjour, Marie», une autre ballade, les «Cent mille
chansons» de Frida Boccara, dont il avait tant repris
la finale à tue-tête, et combien d'autres, de noms de
chanteurs qu'il reconnaissait à peine et qu'il se remettait en bouche, comme ceux de Jean-Loup Chauby,
Robert Cogoi, Philippe Bréjean et d'autres. L'album
portrait le titre un peu quétaine de *Cent mille rêve*s.
D'une certaine façon, ce cadeau d'anniversaire arrivait
au bon moment. Il ne craignait plus nécessairement
de refaire cette crise de nostalgie qu'il avait eue
lorsque, quelques mois auparavant, il avait réécouté
les chansons de l'album *Le Métèque* de Georges
Moustaki, en particulier deux chansons, une qu'il
écoutait d'une oreille distraite, plus pour l'atmosphère,
«Le facteur», et l'autre, «Le temps de vivre», dont il
lisait les paroles en même temps.

Il ne savait plus comment cela s'était passé, mais
le climat de l'une, qui racontait la mort d'un jeune
facteur de dix-sept ans, dut s'amalgamer au texte de
l'autre, qui était nostalgique mais pas aussi tragique.
Pourtant tout cela produisit le même effet. Il avait
tout à coup, à la lecture des mots «nous prendrons le
temps de vivre, d'être libre, mon amour, sans projets
et sans habitudes, nous pourrons rêver notre vie»,
compris comment il avait été à une certaine époque.
Il avait senti sa manière de rêver sa vie, il en avait eu
la sensation très nette et avait été submergé par la
certitude physiologique, une forme de connaissance
qu'il comprenait de mieux en mieux à mesure qu'il
vieillissait, qu'il ne pourrait plus jamais rêver sa vie

de cette manière, que c'était physiquement impossible. Il se remettait à l'intérieur de lui-même, tel qu'il avait été ; cela fut bref, quelques secondes seulement, cet esprit comme informe, ces émotions et sensations l'occupant entièrement, prenant toute la place, cette perspective de quelques jours, de quelques mois seulement qu'il se donnait, cette conviction physique qu'il avait tout le temps devant lui, cette sûreté, cette indifférence à l'avenir, cette sauvagerie, cet enfermement, cet orgueil déjà, cette fierté d'être soi, cette ferveur qui emplissait la tête.

Plus la chanson avançait, il ne savait plus laquelle des deux, plus il revoyait une certaine image d'un bien-être d'été, à la campagne, au bord du fleuve, une certaine douceur de vivre malgré la discorde de ses parents, l'atmosphère de désunion, une sorte de confort de famille, une sécurité puisque tout le monde était là à cette époque, vivait dans cette modeste maison au bord du fleuve. Il se rendit compte qu'il avait réussi à être heureux malgré tout, protégé. Ses sœurs étaient là, présence souriante et presque artistique, pensa-t-il, par la fantaisie de leur façon d'être, leurs rires faciles et incessants. Sa mère vivait encore, cette femme maintenant disparue, morte, fauchée trop jeune, femme malheureuse qui méritait de vivre encore pour connaître peut-être plus tard un peu de bonheur, tout cela détruit, anéanti dans le silence dont la blessure s'entrouvrait pour un moment, sur le vertige d'un acte inéluctable. Pendant quelques secondes, il n'y tint plus. Le chagrin fut intense et bref, lui déforma le visage. Il pleura quelque peu. Qui lui aurait dit qu'il regretterait un jour l'atmosphère de la maison au bord du fleuve, ces

étés où il avait souvent davantage l'impression de
périr d'ennui qu'autre chose ? C'était de cela qu'il
pleurait tout en faisant, en même temps, la part des
choses, sachant que cela n'avait été possible qu'une
seule fois, que la sécurité voisinait avec l'inquiétude,
que son regret ne pouvait exister que par opposition à
l'angoisse qui l'habitait aujourd'hui, le temps qui
passait et sa vie qu'il avait peur de rater, son talent
d'écrivain qu'il arrivait parfois péniblement à mettre à
profit, ces journées d'enseignement qui n'en finis-
saient plus, le vidant de sa substance, cette culpabilité
de ne pouvoir écrire tous les jours, se reprochant de ne
pas prendre assez au sérieux son talent d'écrivain. En
même temps, il se réconfortait en se disant que le
temps de vivre vraiment reviendrait, qu'il se le
donnerait, qu'il fallait le conquérir, qu'il continuerait à
rêver sa vie, à réaliser ce rêve de devenir un écrivain.

Mais il n'était pas du tout dans cette atmosphère
mélancolique lorsqu'il ouvrit l'album un peu plus
tard dans la soirée et qu'il demanda qu'on fasse jouer
la première plage de la face 1 du septième disque, une
des plus lointaines chansons qu'il se rappelait, celle de
Frank Fernandel, «Les yeux d'un ange», cette jolie
voix de Fernandel, limpide, qui lui faisait revoir la
scène d'un jeune adolescent regardant, l'été, scintiller
le soleil sur le fleuve, entre les peupliers de Lombardie,
couché sur son lit, l'après-midi vers les quatre heures,
rêvassant à quelque chose d'imprécis. Sa sœur, également, s'en souvenait vaguement, ou n'était-ce pas
plutôt l'atmosphère de la maison qui y était associée,
témoin bien malgré elle de ces chansons qu'il faisait
jouer à tue-tête dans sa chambre, son havre, alors

qu'on lui demandait souvent de baisser le volume de sa musique, la baissant puis la remontant peu de temps après, exultant, exalté, emporté, fier et vainqueur adolescent sur le haut de la côte, au bord du fleuve? N'était-ce pas cela qu'elle reconnaissait, à qui elle donnait un visage, ce tempérament fantasque, sensible, différent de celui de son frère? N'était-ce pas cela, en partie, cette influence de la culture française, qu'elle allait rejoindre à son tour, par le voyage qu'elle s'apprêtait à faire en Europe?

Sans qu'il ait eu le temps de choisir une nouvelle plage, une deuxième chanson se fit entendre qui donna le signal de la soirée. Le nom de la chanteuse n'évoquait pas de souvenir précis, Séverine, mais la musique et le ton remuèrent tout de suite une fibre en lui. Cette chansonnette française fit sourire lorsqu'on donna son titre, «Un banc, un arbre, une rue», qu'on aurait pu susurrer l'après-midi, à la campagne, petit son sortant d'une radio de quatre sous posée sur le dessus du réfrigérateur. Une sorte de tendresse surgit automatiquement à la réminiscence de la simplicité de ce décor de la maison où une vie s'écoulait, ne sachant pas qu'elle se vivait dans la pauvreté, l'important n'étant pas là. Cette chanson était fredonnée comme en écho, selon la mode de ces années-là pour le refrain «On a tous un banc, un arbre, une rue, où l'on a bercé nos rêves, une enfance qu'on rêve». Oui, c'était cela qu'il aimait tant de cette chanson, cette simplicité presque mièvre, cette sorte de quétainerie douce, ces clichés comme remplis d'un espoir facile, cette façon exaltée et optimiste de chanter, cette finale en la, la, la. Cette chanson fit bon effet et égaya, pour des raisons qu'on imagine différentes, chacun des invités de ce souper de fête. On se prit même à chanter le refrain quelque peu. D'une certaine façon, il n'était pas indifférent qu'elle donne le ton de la soirée puisque chacun, de près ou de loin, à des âges différents, verraient ressurgir des pans de leur passé, de toutes sortes, et c'était bien, sans qu'on le sût, ce serait bien le thème de la soirée, celui de la mesure « de cette enfance qu'on rêve ».

Mais la chanson la plus appréciée sans doute, parce qu'elle avait été une des plus populaires de l'époque, fut la chanson de Serge Lama « D'aventure en aventure », sans doute parce qu'elle était triste, enfin de la tristesse des chansons des années soixante-dix, propre à nous amuser donc, dramatisée à souhait, avec la petite introduction au piano, comme quelques mots, une sorte de recueillement, un constat tragique, inéluctable, une confidence trop longtemps retenue et le « je t'aime encore » presque étranglé dans la voix de la finale tourbillonnante. Sa sœur eut l'idée, pour se moquer en douce d'une pratique fréquente à cette époque, d'agiter sa serviette de table blanche suivant le rythme de la chanson, balançant le corps de gauche à droite, tout le monde participant au même geste. Il fut surpris de cette initiative et conquis tout à la fois, plus qu'il ne s'en douta à ce moment-là. Il fut heureux de l'assurance qu'elle avait prise depuis plusieurs années. Cela se traduisait dans la certitude de son visage qu'elle allait entraîner tout le monde, dans la volonté, le plaisir contagieux qu'elle avait de s'amuser.

Il fit de même et fut stupéfait de la réaction de tous qui s'oubliaient, heureux pendant un bref moment, vivant véritablement le geste qu'ils n'avaient peut-être jamais pu oser eux-mêmes, s'en moquant pour mieux se donner la permission de le faire, se prenant au jeu des gestes simples. Si l'on avait pu les photographier ainsi, tous, et surtout l'expression épanouie de leur visage, dans l'éclairage du clair-obscur des bougies qui allumaient les regards, ils en auraient été gênés de s'être laissés aller à ce petit geste qu'on avait peut-être trop tôt qualifié de quétaine.

Lui-même, il oublia d'en rire malgré la chanson qui se poursuivait. Il souriait et, sans doute le vin aidant, il se laissa aller à cette communion, à un sentiment qu'il avait rarement éprouvé et il sortit pendant quelques instants de sa solitude. Pourquoi un même geste, si ordinaire, avait-il ce don ? Ce qu'il ressentait, c'était un bonheur simple, nouveau pour lui, qu'il était entré dans un cercle et qu'il sentait les autres. Il les sentait aussi vulnérables que lui, ayant aussi peur du ridicule, s'avançant vers les autres. De plus en plus, c'est ce qu'il souhaitait lors des petites fêtes, le rapprochement qui n'existait plus, cette chance trop rare d'entrer en contact, ce laisser-faire, ce laisser-être des autres et de soi-même sans trop d'inquiétude, sans anticipation, être prêt à recevoir, vulnérable et nu devant la nudité de l'autre. Ce n'est pas ce qu'il aurait souhaité au temps de ces chansons, mais de plus en plus il aimait ces gestes fondamentaux.

Ce fut tout de suite après qu'il dédia une chanson spéciale à sa sœur pour le voyage qu'elle s'apprêtait à faire en Europe afin d'entreprendre un doctorat en anthropologie. C'était sans doute ce qu'elle apportait à la soirée qui lui fit choisir cette chanson, mais aussi ce qu'il lui souhaitait pour là-bas. «Quatre soleils» de Nana Mouskouri. Ce titre, en un sens, la définissait bien. Il n'eut pas la déconvenue de se faire dire, comme à l'époque, que cette chanteuse n'était écoutée que par une autre génération. Il se plut à réentendre une belle voix, très douce, qu'il aimait encore et qui chantait «Quatre soleils, quatre matins, quatre jours, on s'aimera plus longtemps que toujours».

C'était bien sûr lui qui faisait la demande des chansons, improvisant son choix, entre des chansons plus légères, plus tristes, puis très dramatiques, de «L'enfant aux cymbales», chantée par Frida Boccara, «Il est trop tard» de Georges Moustaki, à «Qu'il est difficile d'aimer» de Gilles Vigneault, chantée par les Compagnons de la chanson, à «Pas une place pour se garer» chantée par Robert Cogoi, «J'y pense et puis j'oublie» de Claude François, jusqu'à «Casatchoc» de Rika Zarai, «Je suis malade» chantée par Serge Lama et combien d'autres.

Une sorte de malaise le saisit lorsqu'il voulut écouter «La source» chantée par Isabelle Aubret qui lui rappelait trop les quolibets du passé, au sujet de la fadeur, de l'insignifiance présumée de la chanteuse, de sa voix sans personnalité et sans caractère, ironisait avec agressivité l'autre. À cette époque, il ne s'en défendait pas, du moins pas par des arguments rationnels, tout en continuant d'aimer cette douceur qui n'était pas pour lui fadeur, cette pureté et cette limpidité de la voix qui l'avaient séduit lorsqu'elle chantait les textes de Jean Ferrat. Ils écoutèrent avec attention cette belle chanson comme il l'avait fait tant de fois à la maison, au bord du fleuve, montant le son, pour insister sur, par exemple, «[...] une claire source a jailli...». Elle avait tout à fait la voix qui convenait à la fraîcheur et à la pureté tragique du texte de la chanson.

Ils eurent un plaisir plus esthétique à écouter la chanson de Michel Legrand, presque inconnue à leurs oreilles nostalgiques, chantée par lui-même et Nana Mouskouri, «Connais-tu?», qui rappelait les duos des *Parapluies de Cherbourg*, disant à la toute fin «Connais-tu mon cœur? Connais-tu? Connais-tu? Je t'amènerai bien plus loin que chez toi, mon amour.» Ils furent attentifs à la qualité des voix, à leur harmonie, aux reparties du dialogue, à l'art de Michel Legrand, à la rencontre de la fin qui émouvait, à la beauté éternelle d'une petite chanson bien construite et d'un thème.

Comme pour boucler la boucle du ravissement, son amie fit mettre un air qu'il avait découvert plus récemment et qu'il aimait entre tous, extrait de «Nisi dominus» de Vivaldi, chanté par James Bowman, avec une voix très belle de ténor haute-contre. Il écouta l'air, beau comme pas un, emporté et tellement musical, qu'il avait réécouté tant de fois sur cassette, dans l'autobus, au bord de l'Atlantique en vacances, le soir, le jour, au soleil, ne s'en lassant pas, beau parce que trop bref, laissant une insatisfaction presque obsessionnelle, si bien qu'il essayait toujours de se concentrer le plus possible et en jouissait presque de plaisir, la troisième fois que James Bowman reprenait la fin de la phrase en latin *inimicis suis in porta* et à cause de la manière qu'il avait de la chanter.

Il n'aurait pu être plus heureux que ce soir-là, presque complètement réconcilié avec lui-même, plus libre, désentravé, ayant refait le tour du jardin musical qui avait été le sien et qu'il aimerait toujours, qu'il avait eu raison d'aimer et qui lui rappellerait ce qu'il avait été, ce qu'il continuerait d'ailleurs à être. Une sorte de cycle avait été bouclé. Il se demanda pourquoi le hasard faisait si bien les choses, cet album surgissant au moment où il prenait une nouvelle direction dans sa vie, renouant le présent et le passé, pourquoi ce qu'on avait aimé une fois, on l'aimerait toujours, à quoi pouvait correspondre ce goût de la musique et ces élans dans un milieu si peu fait pour les engendrer et les susciter, pourquoi cette vie de l'imagination débordante, ce goût de la théâtralité, des grands gestes. Mais d'où cela lui venait-il ?

LE PROMENEUR SOLITAIRE OU «COMME À OSTENDE»

I

Déjà, il était un personnage comme l'était celle qui déambulait dans une sorte d'irréalité, sous le soleil, déguisée en jeune femme romantique du dix-neuvième siècle, habillée des frusques du comptoir Emmaüs et de celui d'Ozanam. Lorsqu'on la croisait, on était fasciné par la pose, sous les chapeaux à larges bords ou sous l'ombrelle, qu'elle prenait, très droite, le visage poudré de blanc et les yeux maquillés de fards très foncés à la Cacharel, mettant en relief le vert de ses yeux presque hallucinés, habités par un rêve éveillé dont on disait qu'il était simulé. On l'appelait la Promeneuse.

Lui, il l'était, une sorte de promeneur comme plusieurs se vivaient dans cette somptueuse ville qui portait au rêve, à l'élan, à la solitude, à la réflexion qu'activait la promenade cent fois recommencée et toujours nouvelle, entre les murs chargés d'histoire, cette configuration des lieux, de grands espaces ouverts sur l'infini, ses côtes relativement longues et belles à conquérir, cette plaine fraîche qui laissait le temps de désirer cette vue panoramique sur le fleuve qui semblait être le point d'arrivée de tous ces lieux

137

enchevêtrés, petites rues étroites et ruelles, Couillard et Garneau, Sainte-Famille et cette Côte-de-la-Fabrique toujours animée, au carrefour de toutes sortes d'activités, le mouvement de la foule, l'excitation des bars, des cafés, la vie intellectuelle et ses discussions sans fin.

C'était agréable et combien nécessaire cette sensation de se perdre, d'être nulle part, d'oublier que l'on était un corps, avec ses contraintes, d'exister seulement et d'être entraîné par le moteur corporel qui fonctionnait bien tout seul et de se laisser faire, d'être imprégné par la vue, le nez, les oreilles, de se perdre, de marcher pour rien, de participer à une émotion atmosphérique qui changeait avec le parcours, qui se libérait de la vie quotidienne, combien agréable et nécessaire cette sensation d'être entraîné vers un monde plus poétique, un monde rêvé, plus personnel, encore à l'état embryonnaire et qui ne faisait que se reprendre chaque fois pour se vivre par anticipation, se retrouver soi-même, ajouter quelques éléments nouveaux, imaginer le mieux ou le pire, penser que c'était encore possible et que cela arriverait plus tard, y rêver avec une nostalgie bien appuyée.

La montée vers le fleuve participait de ce désir, de ce plaisir d'abord purement physique de marcher, de se mouvoir, de se guérir de cet atroce supplice qu'était celui d'être assis sur une chaise, puis l'effervescence physique montait au cerveau, qui s'agitait, s'activait, s'inquiétait lorsqu'elle débouchait sur ce grand espace, à découvert, devenant tout à coup une angoisse, comme sur le bord d'un précipice, mesurant le chemin parcouru par le rappel de ses ambitions, de son idéal.

Il lui fallait un certain temps pour se remettre en contact avec le paysage, se réconcilier, dompter l'impatience, retrouver le centre, la continuité, fortifier sa volonté de travailler davantage, devant le temps qui passait et ce paysage qui, déjà, dans ses détails, n'était plus tout à fait le même. Puis cela revenait, un sursis avait été obtenu, négocié avec soi-même, la vue panoramique redonnait une perspective différente à la promenade, plus incarnée, plus exigeante, plus profonde. Liberté surveillée de l'esprit conjuguée à celle du corps.

Il ne l'avait d'abord vu que peu de fois, en fait. Chaque fois, la même impression était enregistrée, celle d'être d'abord agacé de rencontrer toujours le même visage telle une lourdeur qui le ramenait trop à lui-même, une sorte de double, au point de regarder ailleurs et de ne pas le considérer le moindrement du monde, par un mouvement rapide de l'œil, au moment où il le croisait. C'était radical. Un refus, un rejet. Il se promenait souvent dans la rue Saint-Jean, dans les petites rues du Vieux-Québec et allait dans les cafés.

Il marchait toujours seul, à ce qu'il se rappelait. Il ne l'avait jamais vu le visage tourné vers quelqu'un d'autre, ni homme ni femme. Il marchait à sa façon, ni avec hâte comme quelqu'un qui se dirigerait vers un travail quelconque ni comme un désœuvré, ne sachant que faire de lui, mais de manière détendue et contrôlée, un peu encore à la manière des hippies des années soixante-dix, avec une sorte de léger rebondissement, entre de longues enjambées, qui se propageait à l'ensemble du corps.

D'ailleurs, il pensait que lui également devait baisser les yeux lorsqu'il croisait quelqu'un à plusieurs reprises pour sauvegarder sa vie et avoir le droit de circuler à sa guise, de ne pas s'arrêter pour parler, de ne pas se créer d'habitudes, ne serait-ce que celle d'une reconnaissance visuelle.

En fait, ils n'étaient pas faits pour se connaître mais pour marcher et se promener chacun de leur côté. Il le voyait d'une certaine façon et s'était fait une idée approximative du personnage. Physiquement, il s'habillait de manière anonyme, presque pauvrement, toujours en noir ou de couleurs foncées mais avec une certaine recherche, une certaine étiquette qui, dans le négligé, le faisait appartenir à une tendance plutôt intellectuelle et même existentielle.

Il n'était pas à proprement parler beau mais ses yeux noirs, perçants et posés, attiraient. Si sa mémoire était fidèle, le personnage s'était associé à une sorte de mélancolie qu'il devait éprouver lui-même, poisseuse et presque romantique, qu'il traînait dans ce beau décor de la ville de Québec. Une mélancolie dangereuse. Ce fut sans doute souvent lors de ces moments qu'il le rencontra et peut-être que pour l'autre, c'était pareil, cela dérangeait le rêve éveillé de se faire ramener à la réalité des jours et des après-midi qui passaient et nous qui restions, toujours inchangés, chroniquement insatisfaits et lourds. Peut-être que l'autre également aimait se croire seul à marcher inlassablement dans cette ville, à ciel ouvert, dans le luxe de cet espace élargi où projeter, de manière panoramique, son angoisse et son mal-être sur des murs qui donnaient le sentiment d'une vie imaginaire se propageant inconsciemment dans le retour de ces longues promenades.

Sans doute le promeneur connaissait-il de fond en comble toutes les rues du Vieux-Québec, qu'il y avait eu ses habitudes, des ami(e)s, qu'il allait lire au même parc des œuvres de ses écrivains favoris, un Sartre, un Duras, un Kierkegaard, un Artaud avec *Le Théâtre et son double*, un Gérard de Nerval, un Charles Baudelaire, le récit de *Lettres de Van Gogh à son frère Théo*, le journal du peintre Gauguin ; d'ailleurs il lui ressemblait quelque peu et il l'aurait fort bien imaginé se promenant, emportant sous le bras sa palette de couleurs et son tableau. Il lisait et c'était pendant quelques instants encore, dans son esprit, les paroles effervescentes et effrayantes d'Artaud qui martelaient sa tête, l'obsession durassienne qui faisait rentrer le regard par en dedans, le désespoir si palpable de Van Gogh qui marchait lui aussi dans ces vastes étendues campagnardes, obsédé par le tableau, par la couleur et le sentiment de l'ensemble de ce paysage ; il était pour un moment Van Gogh marchant au parc et cela ne cessait pas dans son esprit mais finissait par s'épuiser à force de marcher, à force de le vivre intérieurement. Il imaginait qu'il avait dû habiter le Vieux-Québec pendant quelques années et qu'il y avait vécu une sorte de vie intellectuelle intense et riche de cette époque, pleine d'espoir et de conversations, faisant partie d'un petit milieu littéraire à l'européenne ; brillant jeune homme fumant la gauloise et buvant son espresso comme en France, se retrouvant l'après-midi et le soir à fumer, à parler, à écouter Léo Ferré, Brel et tous les chanteurs du temps. Il imaginait ce monde de l'extérieur puisque lui-même ne l'avait qu'entr'aperçu, mais il sentait bien le respect et l'envie que plusieurs éprouvaient à les voir lorsqu'ils passaient près des vitrines du Chanteauteuil, du Bistro, ces cafés où vivait cette petite faune. Ce fut peut-être la plus belle période de sa vie.

Il lui avait vaguement été raconté qu'une jeune femme avait été amoureuse de lui, avec acharnement, malgré elle et de longue date, partant, revenant, n'en pouvant plus et revenant encore, ayant un vaste appartement dans le Vieux ; lui, revenant et elle comme lui, lisant, faisant de la peinture, essayant d'être vaguement artiste. C'était flou dans son esprit. Ce qu'il se rappelait le plus, c'était le geste imité par celle qui lui avait raconté l'histoire, cette rupture définitive qui s'éternisait et qui allait être la grande dernière. Elle fit ce geste théâtral de marcher en poussant une motte de terre au loin comme pour s'en débarrasser une bonne fois, avec une joie libérante sur le visage, parce que la tristesse, la peine avaient été épuisées. C'était maintenant un poids ; cet amour était bien mort.

II

Puis une autre étape de vie avait commencé. Il ne savait trop laquelle mais, en tout cas, elle correspondait à un déménagement puisqu'il le rencontrait maintenant dans le quartier Saint-Jean-Baptiste. Il le voyait plus souvent, en plans plus rapprochés. Il apercevait son visage qui avait été marqué par l'acné, il voyait ses cheveux noirs, sa démarche particulière, en retrait de quelque chose dans le maintien des épaules ou n'était-ce pas dans les jambes, il ne le savait plus, ses mains basanées et belles, sa voix éraillée par la cigarette, une voix de basse, profonde et chatoyante. Il venait le matin au café où il travaillait, il pouvait l'observer à la dérobée, protégé d'une intimité qui n'était pas désirée et qui n'aurait aucune chance de voir le jour, intrigué, cherchant par tous les signes observables à se faire un portrait, ayant cette impression lui-même d'être entré dans un monde dont il s'était tenu à l'écart. Parfois, il ne comprenait pas qu'il entrât au café malgré qu'il n'y eût personne. Comment faisait-il vers les dix-neuf, vingt heures, pour consentir à entrer ici alors qu'il n'y avait personne ? Comment faisait-il depuis toutes ces années ? Ne le haïssait-il pas de le voir encore et toujours, n'avait-il pas l'impression de le connaître par cœur autant que les pierres du mur de ce café ? Il le haïssait, le promeneur, cela devait se voir sur son visage. Lui, à sa place, de l'avoir vu, il n'aurait pas pu se résigner à entrer, cela l'aurait mortifié d'être vu, souffrant, cela l'aurait dérangé d'avoir l'impression d'être de trop, de trop faire partie du décor, il aurait préféré porter son malheur en solitaire, en toute liberté d'esprit et de regard. Il n'aurait pas pu retourner toutes ces années au café. D'ailleurs, lui-même, garçon de café, il n'en pouvait déjà plus, à imaginer la tasse et sa soucoupe, voyant son parcours de la main à la machine à café, la remplissant, allant la porter au client, la reprenant vide pour l'emporter à la cuisine, la remettant, propre, sur sa rangée, prête à recevoir une nouvelle dose de caféine, la prenant, attendant qu'elle soit remplie. Certains soirs, ce jeu de fou lui revenait et il en éprouvait une angoisse indicible. Il avait peur de cette obsession qui remontait, qui allait le reprendre, il s'efforçait de ne pas y penser, il marchait plus vite pour qu'elle ne le rattrape pas puis c'était fini, elle était là, installée, répandue en lui. Il fallait l'accepter, lui faire une place, lui donner un sens, accepter la réalité humble de ce travail pour gagner sa vie, accepter ces murs, cette vitesse du travail répétitif, la fumée des clients qu'il respirait et ces visages qui revenaient aussi comme les tasses à café, accepter ce travail temporaire pour mieux faire autre chose, ne pas le voir comme un absolu, être patient, laisser le courant passer. D'ailleurs il n'en parla jamais à personne.

Durant quelques soirées, le promeneur vint au café avec une jolie jeune fille blonde. Il leur servit quelques bières et, comme derrière une vitrine, leurs lèvres bougeaient mais il n'entendait pas ce qu'ils se disaient. Comme Van Gogh, pensa-t-il bien après, dans le film français avec Jacques Dutronc, une jolie jeune fille s'était éperdument éprise de lui et au début cela eut l'air de le ramener, de le ranimer, lui qui n'en était pas à sa première tentative de suicide et était reconnu comme un grand malade. Elle l'aimait comme elle n'avait jamais aimé, elle voulait le sauver ; il se laissa aimer même s'il ne semblait plus y croire, à la mécanique humaine, à la vie humaine, à côté de lui-même ou trop en lui-même peut-être. Au début, il voulait bien essayer de se laisser aimer, mais peut-être avait-il trop souffert ou y avait-il renoncé pour éprouver encore l'innocence de l'amour, peut-être que cela lui faisait trop mal, agitait des fibres sensibles qui se tenaient tranquilles pour le moment. Du moins, c'est de cette manière qu'il voyait le film.

Il en vint à se détruire, mais pour lui, ce n'était pas détruire, en un sens, cette chance qui s'était offerte à lui ; il l'avait détruite de toutes sortes de manières et cela n'arrêta en rien la suite des événements, la pente qui l'inclina inéluctablement vers le suicide. Elle n'avait pas réussi à le sauver. Une jolie jeune fille blonde ou brune, les yeux verts, les yeux de l'amour, de la fraîcheur.

Cela ne semblait pas facile non plus pour la jeune fille du café, elle semblait parfois essayer de convaincre le promeneur de quelque chose, elle s'acharnait avec une sorte de légère angoisse, d'amour suppliant sur le visage, mais pas trop, pour que la communication soit possible encore sinon il n'aurait pas supporté, elle n'aurait pas pu l'atteindre ; ce qu'il avait à lui dire, ce qu'il lui répondait était, d'après sa physionomie, bien connu, difficile, mais sans refuser ce que lui proposait la jeune fille, il lui montrait poliment, avec patience, avec une sorte de grâce séductrice, qu'il le savait déjà, qu'il se l'était déjà dit, que cela ne pouvait pas lui convenir, qu'il était déjà au-delà de ce qu'elle lui proposait. Au fur et à mesure, il la laissait s'approcher de ce quelque chose qu'elle cherchait amoureusement à saisir et elle n'y parvenait pas encore mais, chaque fois, elle le comprenait mieux par ce qu'il n'était plus et ce qu'il avait été déjà. Elle recomposait le personnage par soubresauts en parcourant le chemin inverse, à rebours, mais elle n'y parvenait que par une poussée vers l'avant, et la poussée vers l'avant du promeneur ne semblait pas être sur la même longueur d'onde que celle de la jeune fille, encore qu'il n'allât jamais jusqu'à la décourager complètement, comme dans le film. Il voyait bien qu'il ne pourrait pas l'entraîner jusqu'à lui; elle était trop loin, peut-être, dans l'autre sens, côté vie, et lui, nous ne l'apprendrions que plus tard, côté mort, alors que l'impression de ces soirées entre le promeneur et la jeune fille était celle de l'amour. Elle voulait qu'il l'aime.

Ce ne fut que plus tard, puisqu'il ne travaillait plus à ce café que les fins de semaine, qu'il entendit de nouveau parler de lui par une jeune photographe. Elle y travaillait comme serveuse ainsi que d'autres membres de ce personnel composé pour la plupart de jeunes comédiens et scénographes. Elle dit qu'elle l'avait remarqué, qu'elle avait été sensible à sa qualité d'homme, à son essence, qu'il était l'homme le plus intéressant qui fréquentait ce café, qu'elle avait lu le désespoir dans ses yeux, qu'elle le prenait au sérieux, que ce désespoir l'effayait, qu'elle essayait de le comprendre.

Un jour, en ouvrant machinalement et tout à fait par hasard la page nécrologique d'un journal de fin de semaine, il apprit sa mort. Il pouvait y lire qu'il était mort accidentellement à Ostende tel jour, de tel mois. Tout ce qu'il savait de lui n'était que des bribes, des bouts de promenade, des conversations dans un café, le son grave d'une voix chaude, des yeux bruns presque globuleux et sensibles, une participation à une émission de télévision à Radio-Québec où il l'avait emporté, où il avait gagné le voyage pour deux à Paris. Plusieurs mois après, lorsqu'il le rencontra à mi-côte dans une rue typique de la ville de Québec, celui-ci esquissa un petit sourire entendu mais sans plus, avec une sorte de restriction sur le visage, une conservation de son espace vital. Ce fut le contact le plus intime qu'il y eut entre eux et personne ne souhaita qu'il en fût autrement.

On voyait dans le journal une photographie pas très récente de lui. C'étaient bien ses yeux. Il portait une moustache qu'il ne lui avait jamais vue. Il n'en éprouva pas de douleur, trop forte peut-être pour être éprouvée sur le coup, au sens où il perdait un ami, quelqu'un de sa famille, mais il eut un choc, une angoisse existentielle. Cela se matérialisa par la sensation presque visuelle de contraste qu'il y avait entre son déménagement, une nouvelle vie qui commençait, les boîtes empilées contre le mur, ces projets d'avenir, ce désir de devenir écrivain, cette énergie, cette volonté et plus loin, ailleurs dans l'espace, la fin de ces mêmes espoirs, cette même obsession de l'écriture, lui avait-on dit après, cette même ville de Québec où ils avaient vécu presque une vingtaine d'années ensemble, ces rencontres dans de mélancoliques promenades, ce café où il avait été serveur et où le promeneur venait régulièrement, cette nouvelle amie qu'il s'était faite et que l'autre avait connue avant de passer à l'acte.

III

Ce fut elle qui fit le lien après. Elle lui téléphona. Il lui dit qu'il venait par hasard de voir la photographie mortuaire du promeneur et qu'il avait lu, atterré, la notice nécrologique. Il ne se rappela plus nettement si on lui avait déjà parlé des tendances

147

suicidaires de l'individu, mais il ressentit le même déjà-vu que lors du suicide d'un de ses amis, c'est-à-dire le refus de croire qu'il fût passé à l'acte. Elle raconta qu'il avait laissé un journal couvrant les derniers mois qu'il avait passés à Paris et en Belgique, qu'elle avait pris la journée à le lire, qu'elle vivait son désespoir, qu'elle l'avait accompagné pendant ses derniers mois, elle en revenait tout juste, elle revenait de loin, elle vivait le journal, elle avait été avec lui dans le train pour Ostende. C'était elle, la jeune fille, en qui elle aurait voulu s'incarner pour le faire revenir, le convaincre de retarder sa décision, elle l'avait vu le soir, à l'hôtel, à Ostende, elle avait éprouvé comme lui cette angoisse nouvelle à la vue du paysage qui serait le dernier et dans lequel il entrerait. Elle se serait promenée autour de son hôtel, à tourner autour, il n'y avait plus rien à faire, elle le verrait, jusqu'à la limite de sa lecture, elle imaginerait le reste. Elle l'imaginerait comme elle imaginait le voyage, au fond de la mer, au fond de la piscine, comme elle avait imaginé Virginia Woolf dans la rivière après qu'elle eut écrit à son mari, elle imaginerait comme elle l'avait fait lorsqu'elle reçut, à douze ans, une lettre de l'oncle qui représentait tout pour elle, qui était mort et il disait «Je voulais voir autre chose avant de crever», elle imaginerait la mort du promeneur comme elle imaginait la mort quand elle était jeune, elle attendait le plus longtemps possible, dans ce lieu glauque et agréable, à la sonorité sourde et calme, elle agitait légèrement les mains pour rester au fond de l'eau, elle imaginait ses yeux ronds qui regardaient, elle restait encore, au bord de l'asphyxie, elle allait plus loin en esprit, l'étouffement était imminent, elle avait tenté de respirer, elle s'imaginait la panique, la détresse du corps, l'espèce de blancheur dans son cerveau, l'agitation des mains, l'éclatement de quelque chose, l'eau qui entrait par la bouche, dans les poumons, ce moment où la vie changeait de bord, cette souffrance culminante qui devait s'adoucir dans la perte de conscience, cette mort presque irréelle, feutrée, sans bruit et sans témoin, complètement seule. Elle revoyait le soir la scène imaginée des mains du promeneur qui s'agitaient, sa bouche qui s'ouvrait, sa panique et peut-être, au fond de lui-même, la satisfaction sardonique d'un acte à la Jérôme Bosch qui accomplissait la fin de tout.

Elle lui promit de lui faire lire ce journal qu'elle ne savait comment nommer. Elle lui en envoya une copie. Il retarda le plus possible le moment de le lire. Il avait peur de cette angoisse qui le prendrait peut-être. Il avait la peur conventionnelle, celle qui prétendait qu'on n'était jamais si loin du suicide qu'on le croyait.

Il le lut d'abord par bribes, quelques pages du début et de la fin. Rien, pas d'éclat, pas de phrases qui empêcheraient de dormir, qu'on n'aurait jamais dû lire, qui ne sortiraient pas de la tête. Il le lut en partie, avec modération, puis deux autres fois, plus lentement, pour voir différents aspects.

C'était étrange, presque indécent, cette possibilité de lire le journal du promeneur solitaire et d'entrer dans une intimité qui n'aurait jamais été possible, même par l'écriture, puisqu'il n'avait jamais publié, à sa connaissance, que de courts textes poétiques. Quelqu'un avait fait photocopier le billet de train pour Ostende et, dans le journal, la vendeuse de billets lui avait demandé, racontait le narrateur, s'il n'allait pas acheter son billet de retour. Ce qui avait accru l'angoisse du promeneur solitaire, cassant cette sorte d'hypnose fatale qui semblait le conduire à destination. Elle eut un effet sur le lecteur puisque celui-ci eut le sentiment que c'était cela le secret du journal, cette idée que le promeneur n'allait pas vers la mort mais que c'était elle qui l'attendait, à son heure, à son rythme, comme une image d'Épinal. Quelque chose dans l'écriture du journal contribua sans doute à faire surgir cette vision poétique du suicide, presque hallucinée. Toutefois, il se rendit bien compte que si cette interprétation ne résistait pas longtemps à l'analyse, elle n'en marquait pas moins le désir qui serait celui des lecteurs de connaître les causes premières de ce suicide, du suicide en général pour lequel on était toujours dans l'ignorance. Même lorsque la personne avait laissé un mot, des explications, personne ne comprenait, à la limite, si l'on n'était pas soi-même un peu de ce côté, le désir d'un être humain de mettre fin à ses jours.

Pourtant l'angoisse menaçait, la peur nouvelle s'installait, disait le narrateur, et, chaque jour ou presque, une brèche pouvait être ouverte, retardant encore l'échéance, le passage à l'acte, qu'il s'employait, en écrivant froidement à la troisième personne, à colmater le plus vite possible, en faisant le deuil par écrit, mis à distance de lui-même, comme si le je était un autre, de chaque chose à laquelle il avait été

150

sensible, à laquelle il avait cru et aspiré. Cette fois-ci, il n'était pas question de remettre à plus tard.

Après avoir terminé la lecture du journal et en avoir reparlé à l'amie qui le lui avait prêté et à d'autres personnes qui le connaissaient, il en vint à la conclusion que le journal d'un suicidé n'était jamais ce qu'on en attendait, qu'il était relativement vrai que l'issue prochaine offrait une qualité particulière de l'écriture pour qui savait écrire et lire, que ce journal n'était pas à proprement parler morbide, en tout cas pas plus qu'un autre du même genre, et que toute la curiosité du lecteur ne serait pas comblée ici, que toutes les explications étaient antérieures au journal et que, volontairement sans doute, la prudence avait commandé de ne plus revenir sur ces questions. Le promeneur solitaire en avait fait un journal d'accompagnement à la mort, un journal des promenades qu'il faisait.

Malgré cela, il se laissa entraîner par le sentiment de liberté et d'aération qui se dégageait des longues promenades que faisait le narrateur, subitement traversé parfois par la pensée que cette promenade solitaire serait fatale, qu'elle n'était plus celle d'un touriste, que même s'il revoyait ce jardin du Luxembourg pour la nième fois, ce n'était plus le même sentiment, ni la même sensation, la même satisfaction de l'avoir revu, d'évoquer les autres fois et, sans y penser, la certitude possible d'y revenir encore. Ce n'était plus ce regard-là qu'il posait sur les choses. Ce paysage, s'il avait représenté toute la somme des possibles et des espoirs, n'était plus maintenant qu'un parcours dont les feux s'étaient éteints l'un après l'autre. Il n'y avait plus de paysage personnel possible, de connexion, il se sentait maintenant un étranger, le paysage devenait de plus en plus un décor, irréel, halluciné, insolent et affreux, qui continuait sa vie, le mettant à distance, le repoussant brutalement.

Même le hasard qui semblait avoir présidé au choix de l'hôtel et du lieu de la promenade n'était pas sans exercer un attrait sur le lecteur, mais en même temps le principe ne signifiait plus la même chose ; ce n'était plus un intervalle, la rupture temporaire d'un ensemble de contraintes mais l'appréhension de l'abandon de ce centre familier auquel on avait tenu, un avant-goût du chaos, avant-goût de l'indifférence, de l'absurde, de la grande noirceur.

C'était en promeneur qu'il l'avait le mieux vu et connu et c'est en promeneur solitaire qu'il mourrait comme une définition fondamentale de sa personne, comme l'acte de liberté qui l'avait le mieux nourri, soutenu durant sa courte vie, comme le dernier acte de liberté qui se transformait maintenant dans le deuil de celui qui ne marchait plus, dont le mouvement n'en avait plus que l'apparence.

Mais ce qui l'avait le plus attiré dans cette histoire, fasciné même, ce n'était pas tant la mort de quelqu'un qu'il avait côtoyé et avec lequel il avait des points communs, mais la dimension littéraire que le promeneur solitaire avait donnée à son suicide, une sorte de réussite tragique. Tout de suite après avoir lu la notice nécrologique, il éprouva cette fascination mêlée à de l'angoisse.

Il se souvenait qu'il y avait une chanson de Léo Ferré qui parlait d'Ostende. *Comme à Ostende.*

Pourquoi être allé jusqu'en Belgique, tout au bout de la pointe du plat pays, pourquoi Ostende ? Il regarda la carte géographique, y superposa le trajet en train que le promeneur avait fait de Paris à Bruxelles, de Bruxelles jusqu'à Ostende. Il écouta à plusieurs reprises la chanson de Ferré. Il cherchait des indices, des traits de littérature. Il se sentait vampire, charognard, indécent, mais il lui semblait que c'était ce que le mort avait de plus beau à dire. Il lui semblait qu'il y avait une réussite dans l'orchestration de l'ensemble, une signature personnelle à l'image de ses ambitions, l'essence même de sa nature, une sorte d'héroïsme, en même temps, à découper les épisodes de ce suicide littéraire, en pleine maîtrise des décisions à prendre. Plus il pensait à cette mort, plus il était sensible à cet aspect, à ce découpage d'une histoire presque poli-cière. Cette disparition subite, les inquiétudes de la famille et de cette jeune fille blonde qui voulait s'en faire aimer, ses amis à qui il avait confié déjà son intention d'en finir, ces ultimes promenades dans Paris à écrire presque chaque jour le journal de ses pensées, toutes les œuvres qu'il avait lues et ces références constantes, par le choix d'un mot, d'un état d'esprit, à toute une génération d'écrivains français, ce choix de la ville d'Ostende et de la mer du Nord, de l'eau pour y mourir, ce tournoiement à Paris, puis cette décision apparemment froide, l'achat de ce billet aller seulement pour Ostende, cet hôtel sinistre à Ostende, le bruit et cette présence, cette odeur de la mer du Nord, ces journées passées dans la décision du moment, de l'heure à prendre. C'était comme s'il avait été un écrivain maudit qui aurait pris un raccourci pour le devenir. Il y avait quelque chose dans le journal qui attestait la lecture des *Lettres de Van Gogh à son frère Théo*. Un écrivain maudit, raté, mais pas pour les bonnes raisons. C'était par ce désespoir qu'il rejoindrait la famille qui était la sienne, dont il s'était rapproché pour mourir. C'était par le suicide sans œuvre, seulement par le désir, le manque, qu'il les rejoindrait. Absurde et pauvre suicide, presque grotesque, pourtant si humble tout à la fois, suicide littéraire sans l'œuvre de l'écrivain. Elle était là l'ironie, la réussite sardonique, dans le désir très fort qu'il avait eu de réussir sa vie, d'écrire peut-être, de peindre, d'être un artiste, de le dire par sa volonté de ne plus vivre s'il ne pouvait l'être.

La chanson de Ferré semblait dire qu'il pleuvait beaucoup à Ostende, que c'était gris et terne et que tout ce qui était triste était comme à Ostende. Mais rien dans la chanson ne s'y déroulait vraiment, sauf au premier couplet où le narrateur parlait d'un hôtel sur la mer du Nord et d'une jolie jeune fille de dix-huit ans, de qui il avait été amoureux et qui semblait l'avoir sauvé d'en finir « comme à Ostende et comme partout, quand sur la ville tombe la pluie et qu'on se demande si c'est utile et puis surtout si ça vaut le coup de vivre sa vie ».

Oui, cela avait valu le coup puisque plus loin dans la chanson, il avait vécu sa destinée, chantait-il, mais cela revenait, cette mélancolie ; c'était toujours comme à Ostende où il semblait s'être passé, même avant lui, bien des choses qu'il laissait à entendre. Comme un lieu maudit, mythique, où, disait-il, plusieurs s'étaient « perdus ».

Il n'était pas sans se dire que la chanson de Ferré ne serait plus jamais la même, ni pour lui ni pour quelques autres. Il songea que le mystère de la ville d'Ostende, qu'il se promettait d'ailleurs de visiter un jour, loin de s'éclaircir, s'était assombri de manière plus intime, qu'à tous ceux qui y étaient allés pour n'en plus repartir s'ajoutait maintenant le promeneur solitaire. Il se plut à penser qu'ils réapparaissaient peut-être sous une autre espèce, sous la forme de ces chevaux que le narrateur de la chanson avait vus en arrivant à Ostende, devant la mer du Nord, ces «chevaux de la mer qui fonçaient la tête la première et qui fracassaient leur crinière devant le casino désert».

Note bibliographique

La corde à linge, nouvelle parue sous le titre *Les trois femmes*, revue *XYZ*, n° 8, hiver 1986, p. 26-30.

L'homme qui lui ressemble, nouvelle, revue *Possibles*, été 1989, p. 91-94.

L'heure des lampes, nouvelle, revue *Le Sabord*, n° 25, printemps-été 1990.

Les hasards secourables, nouvelle, revue *Possibles*, hiver 1991.

L'esprit de l'air, nouvelle parue sous le titre *Écrans protecteurs* ou *L'esprit de l'air*, revue *XYZ*, printemps 1992, p. 34-37.

Musique de chambre, nouvelle parue sous le titre de *Musique de nuit*, revue *Possibles*, hiver 1993, p. 40-44.

« Petite flamme », nouvelle, extrait publié dans le cahier n° 4 de Folie/Culture, automne 1994.

Achevé d'imprimer en janvier 1995
sur les presses des Ateliers graphiques Marc Veilleux,
Cap-Saint-Ignace, Québec.